suhrkamp taschenbuch 2201

»Eine spanische Kleinstadt im Hochsommer, zwei Frauen, ein Mann, ein Kind, ein Mörder und seine Verfolger. Mit sparsamen Mitteln erzählt Duras eine Geschichte, die einfach und doch komplex, die dramatisch und dabei ganz alltäglich ist. Maria und Pierre, verheiratet, ein Kind, verbringen den Urlaub mit ihrer gemeinsamen Freundin Claire; auf dem Weg nach Madrid zwingt sie ein heftiges Gewitter, in einer kleinen Stadt haltzumachen. Die Nacht, die sie im Hotel verbringen, hat es in sich. In der Dunkelheit hält sich ein Mann versteckt: Rodrigo Paestra, der kurz zuvor seine Frau und deren Liebhaber im Bett erschossen hat. Die Polizei sucht ihn, Pfiffe gellen durch den Ort. Als Maria das Kind schlafen gelegt hat und auf den Balkon tritt, sieht sie zufällig, wie auf einem anderen Balkon Pierre und Claire einander umarmen ... Eine Liebe endet, eine Liebe beginnt, zwei Menschen finden, zwei verlieren sich, ein Mann und eine Frau bleiben einsam zurück – all das hat Marguerite Duras vollkommen symmetrisch arrangiert und in einer einzigen Szene verdichtet.«

Michael Scheffel, Frankfurter Allgemeine Zeitung

Marguerite Duras, die 1914 in Giadinh/Indochina geboren wurde und heute in Frankreich lebt, ist sowohl durch ihre Romane als auch durch ihre Dramen, Hörspiele und Filme in Deutschland bekannt geworden.

Zu ihren bekanntesten Werken zählen neben dem Roman *Der Liebhaber* (st 1629), *Hiroshima mon amour* (st 112), *Die Verzückung der Lol V. Stein* (st 1079), *Ganze Tage in den Bäumen* (st 1157), *Der Nachmittag des Herrn Andesmas* (BS 109) und *Moderato cantabile* (st 1178). Ihr Werk im Suhrkamp Verlag ist auf den Seiten 220 und 221 dieses Bandes verzeichnet.

Marguerite Duras

Im Sommer abends um halb elf

Roman

Aus dem Französischen von Ilma Rakusa

Suhrkamp

Titel der Originalausgabe:
Dix heures et demie du soir en été
Umschlagfoto: Ernst Wrba

suhrkamp taschenbuch 2201
Erste Auflage 1993

Druck: Ebner Ulm
Printed in Germany
Umschlag nach Entwürfen von
Willy Fleckhaus und Rolf Staudt

1 2 3 4 5 6 – 98 97 96 95 94 93

Im Sommer abends um halb elf

I

»Paestra, so heißt er. Rodrigo Paestra.«
»Rodrigo Paestra.«
»Ja. Und der, den er umgebracht hat, heißt Perez. Toni Perez.«
»Toni Perez.«
Zwei Polizisten überqueren im Regen den Platz.
»Um wieviel Uhr hat er Perez umgebracht?«
Der Gast weiß es nicht genau, zu Beginn des Nachmittags, der gerade zu Ende geht. Gleichzeitig mit Perez hat Rodrigo Paestra die eigene Frau umgebracht. Beide Opfer sind vor zwei Stunden in der Ecke einer Garage, der Garage von Perez, aufgefunden worden.
Im Café hat sich bereits Dunkelheit ausgebreitet. Im Hintergrund auf der feuchten Theke werden Kerzen angezündet, und ihr gelbes Licht vermischt sich mit dem bläulichen des zur Neige gehenden Tages. Der Gewitterschauer hört auf, wie er gekommen ist, plötzlich.

»Wie alt, die Frau von Rodrigo Paestra?« fragt Maria.
»Sehr jung. Neunzehn Jahre.«
Maria macht ein Gesicht des Bedauerns.
»Ich möchte noch ein Glas Manzanilla«, sagt sie.
Der Gast bestellt es für sie. Auch er trinkt Manzanilla.
»Ich frage mich, warum sie ihn noch nicht gefaßt haben«, fährt sie fort, »die Stadt ist so klein.«
»Er kennt die Stadt besser als die Polizisten. Ein As, dieser Rodrigo.«
Die Bar ist voll. Man spricht über das Verbrechen von Rodrigo Paestra. Man ist sich einig, was Perez angeht, nicht aber, was die junge Frau betrifft. Ein Kind. Maria trinkt ihr Glas Manzanilla leer. Der Gast sieht ihr erstaunt zu.
»Trinken Sie immer so?«
»Je nachdem«, sagt sie, »mehr oder weniger, ja, fast immer so.«
»Allein?«
»Im Augenblick, ja.«

Das Café geht nicht direkt auf die Straße, sondern auf einen viereckigen Platz, der auf zwei Seiten von der Hauptstraße der Stadt zerteilt, durchschnitten wird. Dieser Platz ist von Steinbrüstungen gesäumt, deren Sims breit und stark genug ist, um das Gewicht der Kinder zu tragen, die darüberspringen oder sich darauf ausstrecken, wobei sie die heraufziehenden Gewitterschauer oder die vorübergehenden Polizisten beobachten. Unter ihnen befindet sich Judith, Marias Tochter. An eine Brüstung gelehnt, die sie nur um Kopflänge überragt, sieht sie auf den Platz.

Es muß zwischen sechs und sieben Uhr abends sein.

Ein neuer Gewitterschauer geht nieder, und der Platz leert sich. Die kunstvoll angelegten Zwergpalmen in der Mitte des Platzes biegen sich im Wind. Die Blumen dazwischen sind geknickt. Judith kommt herein und schmiegt sich an ihre Mutter. Ihre Angst aber ist weg. Die Blitze folgen in einem so raschen Rhythmus aufeinander, daß sie sich aneinanderreihen und der Himmel unentwegt kracht. Es ist ein

Lärm, der mitunter metallisch birst, der sich jedoch, kaum verklungen, wieder erhebt, um dann immer gedämpfter zu werden, je mehr sich das Gewitter erschöpft. Auf dem Platz wird es still. Judith verläßt ihre Mutter, um den Regen aus der Nähe zu sehen. Und den Platz, der in den Strömen des Regens tanzt.

»Es wird die Nacht über anhalten«, sagt der Gast.

Der Gewitterschauer hört plötzlich auf. Der Gast löst sich von der Theke und zeigt auf den dunkelblauen Himmel, der gebietsweise bleigrau umrandet ist und der die Dächer berührt, so tief ist er.

Maria will noch ein Glas. Er bestellt die Manzanillas, ohne eine Bemerkung. Auch er nimmt noch einen.

»Mein Mann hat nach Spanien in den Urlaub gewollt. Ich wäre lieber anderswohin gefahren.«

»Wohin?«

»Ich habe nicht darüber nachgedacht. Gleichzeitig überallhin. Auch nach Spanien. Hören Sie nicht auf das, was ich sage. Im Grunde bin ich recht zufrieden, diesen Sommer in Spanien zu sein.«

Er nimmt ihr Glas Manzanilla und hält es ihr hin. Er zahlt.

»Sie sind gegen fünf angekommen, nicht wahr?« fragt der Gast. »Womöglich waren Sie in einem kleinen schwarzen Rover, der auf dem Platz gehalten hat?«

»Ja«, sagt Maria.

»Es war noch ganz hell«, fährt er fort. »Zu dieser Zeit regnete es nicht. Sie waren zu viert in diesem schwarzen Rover. Ihr Mann saß am Steuer. Sie saßen neben ihm? Ja? Und hinten war ein kleines Mädchen – er zeigt auf es –, dieses dort. Und eine andere Frau.«

»Ja. Seit drei Uhr nachmittags haben wir über Land Gewitter gehabt, und mein Töchterchen hatte Angst. Deshalb haben wir beschlossen, hier haltzumachen, statt heute abend noch bis nach Madrid zu fahren.«

Auch wenn er spricht, behält der Gast den Platz im Auge, die vorübergehenden Polizisten, die seit dem Aufklaren des Himmels wieder zum Vorschein kommen, und er horcht angespannt, durch den Krach hindurch, auf die Pfiffe, die an allen Straßenecken ertönen.

»Auch meine Freundin hatte Angst vor dem Gewitter«, fügt Maria hinzu.

Der Westen liegt am Ende der Hauptstraße der Stadt. Das ist die Richtung zum Hotel. Es ist denn doch noch nicht so spät, wie man glauben könnte. Das Gewitter hat die Stunden durcheinandergebracht, es hat sie beschleunigt, nun aber tauchen sie wieder aus dem verhängten Himmel auf, rötlich schimmernd.

»Wo sind sie?« fragt der Gast.

»Im Hotel Principal. Ich muß jetzt zu ihnen.«

»Ich erinnere mich. Ein Mann, Ihr Mann, ist halb aus dem schwarzen Rover ausgestiegen und hat eine Gruppe junger Leute gefragt, wie viele Hotels es in der Stadt gebe. Dann sind Sie in Richtung Hotel Principal weitergefahren.«

»Es gab natürlich keine Zimmer mehr. Schon gab es keine mehr.«

Im Westen hat sich der Himmel wieder bedeckt. Eine nächste Gewitterphase bereitet sich vor. Diese ozeanische, dunkelblaue Masse vom Nachmittag bewegt sich langsam voran über der Stadt. Sie kommt von Osten. Die Helligkeit reicht gerade aus, um ihre bedrohliche Farbe zu erkennen. Sie müssen noch immer am Rand des Balkons stehen. Dort, am Ende der Hauptstraße. Aber deine Augen sind blau, sagt Pierre, diesmal wegen des Himmels.

»Ich kann noch nicht zurück. Schauen Sie, was sich da zusammenbraut.«

Diesmal kommt Judith nicht mehr. Sie sieht den Kindern zu, die barfuß in den Rinnsteinen des Platzes spielen. Eine Flut von lehmigem Wasser umspült ihre Füße. Dieses Wasser ist dunkelrot, vom gleichen Rot wie der Stein der Stadt und die Erde ringsum. Die ganze Jugend ist draußen, auf diesem Platz, unter den unaufhörlichen Blitzen und Donnern am Himmel. Man hört die gepfiffenen Lieder der jungen Leute, die mit ihrer Sanftheit den Donner durchdringen.

Der Schauer setzt ein. Der Ozean wird über der Stadt ausgeleert. Der Platz verschwindet. Die

Bogengänge füllen sich. Im Café spricht man lauter, um verstanden zu werden. Manchmal wird geschrien. Auch die Namen Rodrigo Paestra und Perez werden geschrien.
»Etwas Aufschub für Rodrigo Paestra«, sagt der Gast.
Er zeigt auf die Polizisten, die unter den Bogengängen Schutz gesucht haben und das Ende des Schauers abwarten.
»Sechs Monate war er verheiratet«, fährt der Gast fort. »Er hat sie mit Perez gefunden. Wer hätte nicht so gehandelt? Man wird Rodrigo freisprechen.«
Maria trinkt weiter. Sie verzieht das Gesicht. Der Augenblick am Tag ist gekommen, da der Alkohol ihr Übelkeit verursacht.
»Wo ist er?« fragt sie.
Der Gast beugt sich zu ihr. Sie spürt den starken Zitronengeruch seines Haars. Die Lippen sind glatt, schön.
»Auf einem Dach der Stadt.«
Sie lächeln sich zu. Er rückt ab. Noch hat sie die Wärme seiner Stimme in der Schlüsselbeinmulde.

»Ertrunken?«

»Nein«, er lacht, »ich wiederhole, was ich gehört habe. Ich weiß nichts.«

Im hinteren Teil des Cafés beginnt eine sehr geräuschvolle Diskussion über das Verbrechen, die die andern Gespräche verstummen läßt. Rodrigo Paestras Frau hatte sich Perez in die Arme geworfen, war das vielleicht die Schuld von Perez? Kann man eine Frau abweisen, die so zu einem kommt?

»Kann man das?« fragt Maria.

»Schwierig. Doch Rodrigo hatte es vergessen.«

Perez habe Freunde, die ihn an diesem Abend beweinten. Seine Mutter sei da, allein neben dem Leichnam, im Rathaus. Und die Frau von Rodrigo Paestra? Auch ihr Leichnam befinde sich im Rathaus. Doch sie stamme nicht von hier. Niemand sei an diesem Abend bei ihr. Sie stamme aus Madrid, sie sei wegen der Heirat hierhergekommen, im letzten Herbst.

Der Schauer hört auf, und mit ihm das dröhnende Geräusch des Regens.

»Kaum war sie verheiratet, da wollte sie

alle Männer des Orts. Was tun? Sie umbringen?«

»Was für eine Frage«, sagt Maria und zeigt auf eine Stelle des Platzes, auf eine breite, verschlossene Tür.

»Genau dort«, sagt der Gast, »das ist das Rathaus.«

Ein Freund betritt das Café, sie sprechen weiter über das Verbrechen.

Als der Schauer aufhört, füllt sich der Platz wieder mit Kindern. Das Ende der Hauptstraße, dort, wo die Stadt aufhört, und die weiße Masse des Hotels Principal sind schwer auszumachen. Maria entdeckt, daß sich Judith unter den spielenden Kindern auf dem Platz befindet. Mit Vorsicht mustert sie den Ort und steigt schließlich ins rote, schlammige Wasser. Der Freund des Gastes offeriert Maria ein Glas Manzanilla. Sie ist einverstanden. Wie lange sie schon in Spanien sei? Neun Tage, sagt sie. Ob ihr Spanien gefalle? Aber gewiß. Sie kenne es schon.

»Ich muß zurück«, sagt sie. »Bei diesem Gewitter weiß man nicht, wohin.«

»Zu mir«, sagt der Gast.
Er lacht. Sie lacht, aber nicht so, wie er es gern hätte.
»Noch einen Manzanilla?«
Nein, sie wolle nicht mehr trinken. Sie ruft Judith, die wie mit roten Stiefeln aus dem Wasser kommt.
»Kommen Sie wieder? Heute abend?«
Sie wisse es nicht, es sei durchaus möglich.
Sie gehen auf dem Trottoir zum Hotel. Gerüche von Pferdestall und Heu wehen durch die Stadt. Die Nacht wird angenehm sein, wie am Meer. Judith watet durch das rote Wasser in den Rinnsteinen. Maria läßt sie gewähren. Sie begegnen den Polizisten, die die Ausgänge der Straßen überwachen. Es ist schon fast dunkel. Der Stromausfall hält immer noch an und wird vermutlich auch weiterhin anhalten. Auf den Dächern liegt für den, der sie sieht, der Schein eines Sonnenuntergangs. Maria nimmt Judith an die Hand und spricht zu ihr. Judith hört, wie üblich, nicht zu.
Die beiden sind im Speisesaal, sitzen einander gegenüber. Sie lächeln Maria und Judith zu.

»Wir haben auf dich gewartet«, sagt Pierre.
Er betrachtet Judith. Auch sie hat unterwegs sehr Angst vor dem Gewitter gehabt. Sie hat geweint. Noch sieht man die Ringe unter ihren Augen.
»Das Gewitter hört nicht auf«, sagt Pierre. »Schade. Wir hätten im Laufe des Abends in Madrid sein können.«
»Man mußte darauf gefaßt sein«, sagt Maria. »Gibt es noch immer kein Zimmer, hat niemand es gewagt aufzubrechen?«
»Kein einziges. Nicht einmal für die Kinder.«
»Morgen wird es weit weniger heiß sein«, sagt Claire, »immerhin.«
Pierre verspricht Judith, daß sie dableiben werden.
»Wir könnten essen«, sagt Claire zu Judith. »Und dann legen wir Decken in den Gängen aus, für die kleinen Mädchen wie dich.«
Nicht ein einziger Tisch ist mehr frei im Speisesaal.
»Und lauter Franzosen«, sagt Claire.
Im Kerzenlicht wird ihre Schönheit noch au-

genfälliger. Hat sie gehört, sie werde geliebt? Sie sitzt da, lächelnd, bereit für eine Nacht, die nicht stattfinden wird. Weder ihre Lippen noch ihre Augen, weder ihr Haar, das an diesem Abend zerzaust ist, noch ihre ausgebreiteten, offenen, in der Verheißung des nahen Glücks freudig entspannten Hände zeigen an, daß sie an diesem Abend die schweigsame Beobachtung dieses verheißenen baldigen Glücks aufgegeben haben.

Da ist der Regen. Er macht auf dem Glasdach über dem Speisesaal einen solchen Lärm, daß die Gäste ihre Bestellungen hinausschreien. Kinder weinen. Judith zögert und weint dann nicht.

»Welch ein Regen«, sagt Claire, sie räkelt sich vor Ungeduld, »verrückt, wie es regnen kann, verrückt, einfach verrückt; hör, Maria, wie es regnet.«

»Wie du dich gefürchtet hast, Claire.«

»Das stimmt«, erinnert sie sich.

Überall im Hotel herrschte ein Durcheinander. Noch regnete es nicht, doch das Gewitter war immerzu da, drohend. Als Maria sie wiederfand, waren sie im Büro des Hotels. Sie standen nebeneinander, in diesem Hotelbüro, und plauderten. Claire hielt voller Hoffnung inne. Sie hatten Maria nicht gesehen. In diesem Augenblick bemerkte Maria ihre Hände, die längs der sich beinah berührenden Körper unauffällig ineinander verschlungen waren. Es war noch früh. Man hätte glauben können, es sei Abend, aber es war das Gewitter, das den Himmel verdunkelte. In Claires Augen war keine Spur mehr von Angst. Maria fand, sie habe Zeit – Zeit –, um auf den Platz zurückzukehren, in jenes Café, das sie bei der Ankunft entdeckt hatten.

Um Pierre nicht ansehen zu müssen, folgen ihre Blicke den Kellnern, die schwere Tabletts voll Manzanilla und Xeres tragen. Claire ruft einen der vorbeigehenden Kellner und bestellt Manzanillas. Man muß schreien wegen des Regenlärms auf dem Glasdach. Man schreit immer lauter. Die Tür zum Büro öffnet sich von Minute zu Minute. Es kommen immer neue Leute herein. Das Gewitter ist ungeheuer, weit ausgedehnt.

»Wo warst du, Maria?« fragt Pierre.
»In einem Café, mit einem Freund dieses Mannes, dieses Rodrigo Paestra.«
Pierre beugt sich zu Maria.
»Wenn dir wirklich daran liegt«, sagt er, »können wir heute abend noch nach Madrid fahren.«
Claire hat es gehört.
»Und du, Claire?« fragt Maria.
»Ich weiß nicht.«
Sie stöhnte beinahe. Pierres Hände streckten sich nach ihren aus und zogen sich dann zurück. Schon im Auto, als sie sich so vor dem Gewitter fürchtete, hatte er diese Bewegung gemacht, während der Himmel, der über den Kornfeldern hängende Himmel, sich zusammenballte, während Judith schrie, im morgendlichen Dämmerlicht. Claire war blaß geworden, und zwar so sehr, daß ihre Blässe mehr noch verwunderte als die Angst, deren Ausdruck sie war.
»Du kennst das nicht, Claire, diese Art von Schwierigkeiten, du hast nie schlaflose Nächte in Hotelgängen verbracht.«
»Aber doch. Wer kennt das nicht?«

Sie wehrt sich beim Gedanken daran, daß vor nur wenigen Stunden Pierres Hände auf ihren ruhten, unter Marias blindem Blick. Ist sie wieder blaß geworden? Hat er bemerkt, daß sie wieder blaß geworden ist?
»Wir werden hierbleiben, heute nacht. Für einmal.«
Er lächelt. Lächelt er sonst, jemals?
»Für einmal?« fragt Maria.
Pierres Hände lassen sich diesmal nicht beirren und erreichen die seiner Frau, Maria.
»Ich wollte sagen, daß ich noch zu wenig Erfahrung mit derlei Schwierigkeiten habe, um sie in dem Maße zu fürchten, wie du behauptest, Maria.«
Maria rückt vom Tisch ab und, um es zu sagen, klammert sie sich mit den Händen an den Stuhl und schließt die Augen.
»Einmal, in Verona«, sagt sie.
Sie sieht nicht, was geschieht. Es ist Claires Stimme, die sich im Tumult der anderen Stimmen einen lichten Weg bahnt.
»In Verona? Was ist da gewesen?«
»Wir haben schlecht geschlafen«, sagt Pierre.

Das Essen hat begonnen. Der Geruch der Kerzen ist so stark, daß er den der Speisen verdrängt, die von schweißtriefenden Kellnern schubweise hereingetragen werden. Es gibt Geschrei und Reklamationen. Die Hoteldirektorin bittet um Verständnis, ihre Lage sei an diesem Abend schwierig, wegen des Gewitters.

»Was ich alles getrunken habe«, bekennt Maria. »Was ich alles zusammengetrunken habe.«

»Immer wunderst du dich«, sagt Claire.

Der Schauer hat aufgehört. In Augenblicken unvorhergesehener Stille kann man das heitere Plätschern des Regens auf dem Glasdach vernehmen. Judith, die sich zur Küche aufgemacht hat, wird von einem Kellner zurückgebracht. Pierre spricht über Kastilien. Über Madrid. Er entdeckt, daß es in dieser Stadt hier, in der Kirche San Andrea, zwei Goyas gibt. Die Kirche San Andrea befindet sich auf dem Platz, den sie bei der Ankunft überquert haben. Die Suppe wird gebracht. Maria bedient Judith. Und Judiths Augen füllen sich mit Tränen.

Pierre lächelt seinem Kind zu. Maria gibt die Hoffnung auf, Judith zum Essen überreden zu können.

»Ich habe heute abend keinen Hunger, siehst du«, sagt Claire, »ich glaube, es ist das Gewitter.«

»Das Glück«, sagt Maria.

Claire vertieft sich in den Anblick des Speisesaals. Hinter ihrem unvermittelt nachdenklichen Gesichtsausdruck verbirgt sich ein Lächeln. Pierre schaut, mit verkrampftem Gesicht, Maria an – mit Augen, die ganz denen Judiths gleichen –, und Maria lächelt diese Augen an.

»Wie sehr wir uns nach diesem Gewitter, nach dieser Frische gesehnt haben«, erklärt Maria.

»Wie wahr das ist«, sagt Claire.

Maria hofft von neuem, Judith zum Essen überreden zu können. Es gelingt ihr. Löffel um Löffel, Judith ißt. Claire erzählt ihr eine Geschichte. Auch Pierre hört zu. Das Durcheinander im Speisesaal beruhigt sich ein wenig. Doch man hört immer noch den Donner, mehr oder weniger laut, je nachdem, ob sich das

Gewitter nähert oder entfernt. Jedesmal, wenn das Glasdach von einem Blitz erhellt wird, schreit ein Kind.

Im Verlauf des Abendessens spricht man über das Verbrechen von Rodrigo Paestra. Manche lachen. Wer hätte in seinem Leben nicht die Gelegenheit, mit der Leichtigkeit eines Rodrigo Paestra zu töten?

Die Pfiffe der Polizisten durch die Nacht hören nicht auf. Wenn sie in unmittelbarer Nähe des Hotels sind, verstummen die Gespräche, die Leute horchen. Einige hoffen und warten auf Rodrigo Paestras Festnahme. Eine schwierige Nacht steht bevor.

»Er ist auf den Dächern«, sagt Maria sehr leise.

Sie haben es nicht gehört. Judith ißt Obst.

Maria erhebt sich. Sie verläßt den Speisesaal. Die anderen bleiben allein zurück. Sie hat gesagt, sie wolle sehen, wie das Hotel gebaut sei.

Es gibt viele Gänge. Die meisten sind Rundgänge. Einige geben den Blick frei auf die Kornfelder, andere auf die Hauptstraße, die

den Platz durchschneidet. Dort schläft noch niemand. Wieder andere münden auf Balkone, die die Dächer der Stadt überragen. Ein nächster Regenguß bereitet sich vor. Der Horizont ist fahlrot. Er wirkt sehr fern. Das Gewitter hat sich noch verstärkt. Es ist hoffnungslos zu glauben, es würde in dieser Nacht zu Ende gehen.
»Die Gewitter gehen, wie sie kommen«, hat Pierre gesagt. »Mit einem Mal. Du brauchst keine Angst zu haben, Claire.«
Das hat er gesagt. Der unwiderstehliche Duft ihres Schreckens, ihrer erschrockenen Jugend – er war Maria unbekannt. Bis vor ein paar Stunden.
Die Dächer sind leer. Und werden es zweifellos immer bleiben, mag man noch so sehr hoffen, sie einmal bevölkert zu sehen.
Der Regen ist leicht, doch überflutet er die leeren Dächer, und die Stadt verschwindet. Man sieht nichts mehr. Bleibt die Erinnerung an eine ersehnte Einsamkeit.
Als Maria in den Speisesaal zurückkehrt, kündigt die Direktorin die Ankunft der Polizei an.

»Wie Sie zweifellos wissen«, sagt sie, »ist heute nachmittag in unserer Stadt ein Verbrechen verübt worden. Wir bitten um Entschuldigung.«

II

Niemand muß seine Personalien angeben. Die Direktorin bürgt für ihre Gäste.
Sechs Polizisten stürmen durch den Speisesaal. Drei weitere gehen auf die Rundgänge zu, die ihn umgeben. Sie werden jetzt die Zimmer durchsuchen, die auf die Gänge gehen. Sie werden bloß diese Zimmer durchsuchen, sagt die Direktorin. Es wird sehr schnell gehen.
»Jemand hat mir gesagt, daß er auf den Dächern ist«, wiederholt Maria.
Sie haben es gehört. Sie hat leise gesprochen. Doch sind sie nicht erstaunt. Maria beharrt nicht weiter darauf. Das große Durcheinander im Speisesaal erreicht seinen Höhepunkt. Alle Kellner stammen aus diesem Ort und kennen Rodrigo Paestra. Auch die Polizeibeamten stammen von hier. Sie fahren sich an. Die Bedienung stockt. Die Direktorin greift ein. Aufgepaßt, wenn hier schlecht über Rodrigo Paestra geredet wird. Die Kellner streiten sich allein

weiter. Die Direktorin brüllt Befehle, die keiner hört.
Und erst als die Kellner sich ausgesprochen haben, kommen die Gäste allmählich zu sich und verlangen die Wiederaufnahme der Bedienung. Die Kellner nehmen die Arbeit wieder auf. Sie unterhalten sich mit den Gästen. Alle Gäste hören sich die Äußerungen der Kellner aufmerksam an, sie beobachten das Kommen und Gehen der Polizisten, sie sind beunruhigt, hoffen oder verzweifeln, was den Ausgang der Fahndung betrifft, einige lächeln über die Naivität Rodrigo Paestras. Frauen reden über das Grauen, mit neunzehn umgebracht zu werden und sich in der Lage von Rodrigo Paestras Frau zu befinden, allein, so allein an diesem Abend, in diesem Provinzrathaus, ein Kind noch. In dem Durcheinander aber essen alle mit mehr oder weniger gutem Appetit, essen diese von den Kellnern inmitten der Unruhe und der Aufregung herbeigetragenen Gerichte. Türen schlagen zu, die Türen zu den Gängen, und die Polizisten durchqueren den Speisesaal, kreuzen einander, Maschinenpistolen in der Hand,

gestiefelt, umgürtet, unvermindert ernst, sie verbreiten einen ekelerregenden Geruch nach feuchtem Leder und Schweiß. Bei ihrem Anblick fangen Kinder jedesmal zu weinen an.
Zwei der Polizisten müssen die Richtung auf jenen Gang links vom Speisesaal genommen haben, den Maria eben verlassen hat.
Judith, die den Schrecken verwunden hat, ißt kein Obst mehr. Es sind keine Polizisten mehr im Speisesaal. Der Kellner, der sie bediente, kommt zitternd vor Aufregung an ihren Tisch, murmelnd flucht er über Perez und lobt die Geduld Rodrigo Paestras, und Judith, mit tropfenden Apfelsinenstücken zwischen den Fingern, hört zu, hört zu.
Sie müssen den Balkon erreicht haben, der sich am Ende des Rundgangs befindet, den Maria eben verlassen hat. Es regnet kaum noch, und Maria hört, wie sich ihre Schritte durch jenen Gang, der den Speisesaal umgibt, entfernen, hört es durch das Rieseln des Regens auf dem Glasdach, das jetzt niemand im Speisesaal beachtet.
Es scheint, als wäre die Ruhe wieder einge-

kehrt. Die Ruhe des Himmels. Wird man das ruhige Rieseln des Regens auf dem Glasdach je vergessen, das von den Schritten der Polizisten in diesem letzten Gang unterbrochen wurde, nachdem die Zimmer, die Küchen, die Höfe durchsucht waren? Nein.

Wenn sie den Balkon am Ende dieses letzten Ganges erreicht haben, wenn sie ihn erblickt haben, steht fest, daß sich Rodrigo Paestra nicht auf den Dächern der Stadt aufhält.

»Warum hat man mir so was gesagt?« fragt Maria leise, von neuem.

Sie haben es gehört. Doch nicht einer von beiden ist erstaunt.

Sie hat diese Dächer gesehen. Vor einem Augenblick noch erstreckten sie sich in regelmäßigen Abständen unter dem Himmel, ineinander verschachtelt, nackt, unterhalb des Balkons, nackt und gleichmäßig leer.

Rufe kommen von draußen her, von der Straße? Vom Hof? Von ganz nah. Die Kellner bleiben stehen und warten, die Schüssel in der Hand. Niemand beschwert sich. Die Rufe sind weiterhin zu hören. Sie reißen Löcher des

Schreckens in die plötzliche Stille. Hört man genau hin, vernimmt man, daß die Rufe immer die gleichen sind. Es ist sein Name.
»Rodrigo Paestra.«
Sie beschwören ihn, zu antworten, sich zu ergeben, in langen skandierten Klagen, beinahe zärtlich.
Maria ist aufgestanden. Pierre faßt ihren Arm und zwingt sie, sich zu setzen. Sie setzt sich gehorsam.
»Aber er ist doch auf den Dächern«, sagt sie ganz leise.
Judith hat es nicht gehört.
»Seltsam«, sagt Claire ganz leise, »das ist mir vollkommen egal.«
»Aber«, sagt Maria, »ich weiß es einfach.«
Pierre ruft Maria sanft.
»Bitte, Maria«, sagt er.
»Es sind diese Rufe«, sagt sie, »die mich nervös machen. Das ist nicht schlimm.«
Die Rufe hören auf. Und ein Schauer geht nieder. Da sind die Polizisten. Die Kellner nehmen die Bedienung wieder auf, mit einem Lächeln um den Mund und mit gesenktem Blick.

Die Direktorin verläßt die Tür zum Speisesaal nicht, sie überwacht ihr Personal, auch sie lächelt, auch sie hat Rodrigo Paestra gekannt. Ein Polizist betritt das Büro des Hotels und telefoniert. Er ruft den Nachbarort an, um Verstärkung zu erbitten. Er schreit wegen des Lärms, den der Regen auf dem Glasdach macht. Er sagt, die Stadt sei sorgfältig abgeriegelt worden, kaum habe man das Verbrechen aufgedeckt, und sie würden Rodrigo Paestra hundertprozentig bis zum Tagesanbruch finden, man müsse warten, die Fahndung sei schwierig wegen des Gewitters und des Stromausfalls, wobei dieses Gewitter wahrscheinlich, wie üblich, bei Tagesanbruch aufhören würde, nur müsse man die Nacht über die Straßenausgänge überwachen, und dazu brauche man noch Leute, damit Rodrigo Paestra gleich bei Morgengrauen wie eine Ratte gefaßt werden könne. Der Polizist ist verstanden worden. Er wartet auf eine Antwort, die kommt schnell. Gegen zehn Uhr, in anderthalb Stunden also, sei die Verstärkung da. Der Kellner kehrt zitternd an ihren Tisch zurück und wendet sich an Pierre.

»Wenn sie ihn fassen«, sagt er, »wenn sie ihn zu fassen kriegen, wird er sich nicht einsperren lassen.«
Maria trinkt Wein. Der Kellner geht. Pierre beugt sich zu Maria.
»Trink nicht so viel, Maria, ich bitte dich darum.«
Maria hebt den Arm, stößt das Hindernis zurück, das diese Stimme sein könnte, wieder und wieder. Claire hat gehört, wie Pierre zu Maria gesprochen hat.
»Ich trinke nicht viel«, sagt Maria.
»Es stimmt«, sagt Claire, »daß Maria heute abend weniger trinkt als gewöhnlich.«
»Siehst du«, sagt Maria.
Claire selbst trinkt nichts. Pierre steht auf und sagt, auch er wolle sich das Hotel ansehen.
Im Hotel gibt es keine Polizisten mehr. Sie haben sich im Gänsemarsch über die Treppe verzogen, die am Büro entlangführt. Es regnet nicht. Die Pfiffe sind weiterhin zu hören, doch diesmal in der Ferne, und im Speisesaal wird wieder geschwatzt und geklagt, vor allem über

die schlechte spanische Kost, die von den Kellnern den zuletzt gekommenen Gästen mit triumphierendem Eifer aufgetischt wird, da Rodrigo Paestra noch nicht gefaßt worden ist. Judith ist ruhig und gähnt jetzt. Als der Kellner zu ihrem Tisch zurückkehrt, wendet er sich an Claire, an die Schönheit von Claire, und bleibt, nachdem er gesprochen hat, stehen, um sie noch einmal anzusehen.

»Es besteht eine Aussicht, daß sie ihn nicht kriegen«, sagt er.

»Hat sie Perez geliebt?« fragt Claire.

»Unmöglich, Perez zu lieben«, sagt der Kellner.

Claire lacht, und der Kellner kann nicht widerstehen und lacht auch.

»Und wenn sie Perez trotzdem geliebt hat?« sagt Claire.

»Weshalb wollen Sie, daß Rodrigo Paestra das verstehen soll?« fragt der Kellner.

Er geht. Claire fängt an, Brot zu knabbern. Maria trinkt, und Claire läßt sie trinken.

»Kommt Pierre nicht zurück?« fragt Maria.

»Ich weiß es nicht. Sowenig wie du.«

Maria beugt sich vor, macht sich wieder gerade und rückt dann ganz nahe an Claire heran.
»Hör zu, Claire«, sagt Maria, »hör mir zu.«
Claire lehnt sich, umgekehrt, in den Stuhl zurück. Sie richtet den Blick weit weg von Maria, betrachtet, ohne ihn zu sehen, den hinteren Teil des Speisesaals.
»Ich hör' dir zu, Maria«, sagt sie.
Maria läßt sich auf ihrem Stuhl zurückfallen und sagt nichts. Ein Augenblick vergeht. Claire hat aufgehört, Brot zu knabbern. Als Pierre zurückkommt, erzählt er, er habe für Judith den besten Gang des Hotels gewählt, er habe den Himmel gesehen, er habe gesehen, daß das Gewitter sich allmählich erschöpfe und daß es morgen wahrscheinlich schön sein werde, und sie könnten, falls sie wollten, ganz früh nach Madrid aufbrechen, nachdem sie sich die beiden Goyas in San Andrea angeschaut hätten. Da das Gewitter sich wieder verstärkt hat, spricht er etwas lauter als gewohnt. Seine Stimme ist schön, immer klar, an diesem Abend von einer beinahe oratorischen Klar-

heit. Er spricht von den beiden Goyas, als wäre es schade, sie nicht zu sehen.
»Ohne dieses Gewitter hätten wir sie vergessen«, sagt Claire.
Sie sagt es beiläufig und doch so, wie sie es vor diesem Abend nie gesagt hätte. Wo war es gewesen, in dieser Dämmerung, die ihnen Maria überlassen hatte, vorhin, an welchem Ort in diesem Hotel waren sie zuerst verwundert, dann entzückt darüber gewesen, daß sie sich so wenig kannten, entzückt über diese wunderbare Übereinstimmung, die heimlich zwischen ihnen herrschte, um sich nun endlich zu erkennen zu geben, hinter diesem Fenster? Auf diesem Balkon? In diesem Gang? In dieser linden Luft, die nach den Regengüssen aus den Straßen zurückströmte, hinter diesem so düsteren Himmel, Claire, daß deine Augen in eben diesem Moment die Farbe des Regens haben. Wie hätte ich es bislang bemerken sollen? Deine Augen, Claire, sind grau.
Sie sagte ihm, dazu trage allemal das Licht bei, und gewiß täusche er sich an diesem Abend, wegen des Gewitters.

»Wenn ich mich recht entsinne«, sagt Maria, »haben wir vor der Abfahrt aus Frankreich über diese beiden Goyas gesprochen.«
Pierre erinnert sich. Claire nicht. Der Regen hört auf, und sie verstehen sich wieder. Allmählich leert sich der Speisesaal. In den Gängen setzt wirrer Lärm ein. Wahrscheinlich teilt man die Betten auf. Entkleidet die Kinder. Der Augenblick kommt, da Judith schlafen muß. Pierre schweigt. Und schließlich spricht Maria es aus.
»Ich werde Judith in den Gang da schlafen legen.«
»Wir warten auf dich«, sagt Pierre.
»Ich komme zurück.«
Judith murrt nicht. Im Gang gibt es viele Kinder, von denen einige schon schlafen. Maria zieht Judith an diesem Abend nicht aus. Sie wickelt sie in eine Decke ein, mit dem Gesicht zur Wand hin, in der Mitte des Gangs.
Sie wartet, bis Judith einschläft. Sie wartet lange.

III

Und mit dem Fortschreiten der Zeit verschwindet jede Spur von Helligkeit am Himmel.
»Rechnen Sie nicht damit, daß wir wieder Strom haben werden heute abend in der Stadt«, hatte die Direktorin des Hotels gesagt. »Die Gewitter hierzulande sind sehr heftig, und in der Regel bleibt der Strom die Nacht über unterbrochen.«
Der Strom ist unterbrochen geblieben. Es wird weiter gewittern, jähe Schauer werden die Nacht über niedergehen. Der Himmel ist noch immer tief und eilt, von einem sehr starken Wind getrieben, westwärts. In seiner vollkommenen Kompaktheit ist er bis zum Horizont hin sichtbar. Und sichtbar sind auch die Ränder des Gewitters, das immer weiter in die hellen Zonen des Himmels vorzustoßen versucht.
Vom Balkon aus, wo sie sich aufhält, sieht Maria das Gewitter in seiner ganzen Ausdehnung.
Die beiden sind im Speisesaal geblieben.
»Ich komme zurück«, hat Maria gesagt.

Hinter ihr im Gang schlafen nun alle Kinder. Unter ihnen befindet sich Judith. Wenn Maria sich umdreht, kann sie im sanften Licht der an den Gangwänden befestigten Petroleumlampen ihre schlafende Gestalt sehen.
»Sobald sie schläft, komme ich zurück«, hat Maria ihnen gesagt.
Judith schläft.
Das Hotel ist voll. Die Zimmer, die Gänge, und bald auch dieser Gang, werden noch überfüllter sein. Es gibt mehr Menschen in diesem Hotel als in einem ganzen Viertel der Stadt. Von hier aus verlaufen die öden Straßen bis nach Madrid, dem sich das Gewitter seit fünf Uhr nachmittag eilig nähert, wobei es sich mal hier, mal dort entlädt, sich stellenweise auflöst, und sich wieder zusammenballt. Bis zur Erschöpfung. Wann ist es soweit? Es wird die ganze Nacht anhalten.
Kein einziges Café ist mehr offen in der Stadt.
»Wir warten auf dich, Maria«, hat Pierre gesagt.
Die Stadt ist klein, sie umfaßt nicht mehr als

zwei Hektar, sie ist ganz in eine unregelmäßige, doch kompakte Form eingeschlossen, mit klaren Konturen. Rundum, auf welche Seite man sich immer wendet, erstreckt sich eine kahle, in dieser Nacht kaum merklich gewellte Landschaft, die im Osten jedoch jäh abzufallen scheint. Ein bislang ausgetrockneter Wildbach, der aber morgen über die Ufer treten wird. Blickt man auf die Uhr, zeigt sie zehn Uhr. Abends. Es ist Sommer.

Polizisten gehen unter den Balkonen des Hotels einher. Sie müssen von ihrem Fahnden langsam zermürbt sein. Sie schleifen die Stiefel durch den Straßenschlamm. Das Verbrechen hat vor langem, vor vielen Stunden, stattgefunden, sie reden über das Unwetter.

»Rodrigo Paestra ist auf den Dächern.«

Maria erinnert sich. Die Dächer sind da, sie sind leer. Sie glänzen matt unterhalb des Balkons, auf dem sie sich befindet. Leer.

Die beiden warten im Speisesaal, inmitten abgeräumter Tische, ihrer nicht eingedenk, erstarrt in gegenseitiger Betrachtung. Das Hotel ist voll. Sie haben keinen Ort, sich zu sehen, außer hier.

Pfiffe gellen erneut am andern Ende der Stadt, weit hinter dem Platz, Richtung Madrid. Nichts geschieht. Polizisten tauchen links an der Straßenecke auf, bleiben stehen, gehen weiter. Eine schlichte Ablösung des Wartens. Die Polizisten gehen unter dem Balkon einher und biegen in eine andere Straße ein.

Es ist nicht viel später als zehn. Der Zeitpunkt ist überschritten, da sie zu ihnen in den Speisesaal hätte zurückkehren sollen, erscheinen, sich zwischen ihre Blicke schieben, sich setzen, und ihnen ein weiteres Mal diese überraschende Neuigkeit mitteilen.

»Jemand hat mir gesagt, Rodrigo Paestra halte sich auf den Dächern der Stadt versteckt.«

Sie verläßt den Balkon, betritt den Gang und legt sich neben die schlafende Judith, ihr Kind, das ihr zugehörig ist, unter all den Kindern des Gangs. Sie küßt sie sachte aufs Haar.

»Mein Leben«, sagt sie.

Das Kind wacht nicht auf. Es bewegt sich nur leicht, seufzt und fällt zurück in einen ruhigen Schlaf.

So ist es auch mit der Stadt, sie schläft bereits.

Wenige unterhalten sich noch über Rodrigo Paestra, dessen Frau nackt bei Perez gefunden worden ist, beide eingeschlafen nach der Liebe. Und dann tot. Der neunzehnjährige Körper befindet sich im Rathaus.
Wenn Maria aufstünde, wenn Maria in den Speisesaal ginge, könnte sie bitten, daß man ihr ein Glas bringt. Sie stellt sich den ersten Schluck Manzanilla in ihrem Mund vor und den Frieden in ihrem Körper, der darauf folgen würde. Sie rührt sich nicht.
Hinter dem Gang, jenseits des gelblichen und flackernden Schirms der Petroleumlampen, müssen die Dächer der Stadt sein, vom Himmel bedeckt, der davoneilt und immer dichter wird. Der Himmel ist dort, im Rahmen der offenen Balkontür.
Maria steht wieder auf, zögert, in Richtung des Speisesaals zu gehen, wo sie sich immer noch in entzückter Verwunderung über ihr heftiges Verlangen befinden, allein inmitten abgeräumter Tische und erschöpfter Kellner, die ihren Aufbruch erwarten und die sie nicht mehr sehen.

Sie geht wieder auf den Balkon, raucht eine Zigarette. Der Regen ist noch nicht wieder da. Er läßt auf sich warten. Der Himmel hütet ihn noch, man muß sich gedulden. Hinter dem Balkon erscheinen Paare im Gang. Sie reden sehr leise wegen der Kinder. Sie legen sich hin. Sie schweigen zunächst, in der Hoffnung auf einen Schlaf, der sich nicht einstellt, und dann fangen sie wieder zu reden an. Von überallher, vor allem aus den überfüllten Zimmern, hört man Stimmengemurmel, das regelmäßig vom schicksalhaften Aufundabgehen der Polizisten unterbrochen wird.
Sind sie vorbei, fängt wieder das eheliche Gemurmel an, langsam, matt, alltäglich, in den Rundgängen und in den Zimmern. Hinter den Türen, in den aufgeteilten Betten, während des aus der Gewitterkühle hervorgegangenen Beischlafs wird vom Sommer gesprochen, von diesem Sommergewitter und vom Verbrechen Rodrigo Paestras.
Nun ist der Regen endlich da. In wenigen Sekunden überflutet er die Straßen. Die Erde ist zu trocken, um so viel Wasser aufnehmen zu

können. Die Bäume auf dem Platz biegen sich im Wind. Maria sieht ihre Wipfel hinter den Dachfirsten auftauchen und verschwinden, und wenn die Blitze die Stadt und das Land erhellen, sieht Maria in ihrem fahlen Licht zugleich die reglose, verschwommene Gestalt Rodrigo Pacstras, die sich an einen dunklen steinernen Kamin klammert.
Der Regenguß dauert wenige Minuten. Ruhe tritt wieder ein, sobald die Windstärke nachläßt. Ein schwacher Lichtschein fällt, weil man darauf gewartet hat, vom besänftigten Himmel. Und in diesem Lichtschein, der in dem Maße zunimmt, wie man ihn sich heller wünscht, von dem man jedoch weiß, daß er sich zu Beginn einer neuen Gewitterphase sehr rasch verdunkeln würde, sieht Maria die undeutliche Gestalt Rodrigo Paestras, die blendend helle, klägliche und undeutliche Gestalt Rodrigo Paestras.
Die Fahndung der Polizisten beginnt von neuem. Da kommen sie wieder, kaum hat sich der Himmel besänftigt. Immer noch waten sie durch den Schlamm. Maria beugt sich über das

Balkongeländer und sieht sie. Einer von ihnen lacht. Die ganze Stadt hallt von den immergleichen, in regelmäßigen Abständen ertönenden Pfiffen wider. Schlichte Ablösungen des Wartens, das bis zum Morgen dauern wird.
Außer diesem Balkon, auf dem sich Maria befindet, gibt es noch andere an der Nordfassade des Hotels. Sie sind leer bis auf einen einzigen, einen einzigen zur Rechten Marias, einen Stock höher. Die beiden müssen seit eben erst dasein, Maria hat sie nicht kommen sehen. Sie tritt ein wenig zurück unter die Tür, die zum Gang führt, wo die Menschen jetzt schlafen.
Es muß das erste Mal sein, daß die beiden sich küssen. Maria drückt die Zigarette aus. Sie sieht, wie sie sich in ihrer ganzen Größe gegen den Himmel abheben, der in Bewegung ist. Während er sie küßt, ruhen Pierres Hände auf den Brüsten von Claire. Wahrscheinlich reden sie miteinander. Doch sehr leise. Sie tauschen wohl die ersten Liebesworte aus. Diese drängen, zwischen zwei Küssen, über ihre Lippen, unaufhaltbar.
Die Blitze tauchen die Stadt in ein fahles Licht.

Sie sind nicht vorauszusehen, folgen einem ungeordneten Rhythmus. Leuchten sie auf, erscheinen auch die Küsse der beiden fahl, desgleichen ihre Gestalt, die nun eins ist, bis zur Bewußtlosigkeit. Ob er sie zuerst auf die Augen geküßt hat, hinter der schwarzen Fläche des Himmels? Man kann es nicht wissen. Deine Augen hatten die Farbe deiner Angst an diesem Nachmittag, die Farbe des Regens, selbst in diesem Augenblick, Claire, sind deine Augen – ich sehe sie kaum, wie hätte ich es denn bemerken können – wohl grau.

Wenige Meter von diesen Küssen entfernt, wartet Rodrigo Paestra, in seine braune Decke gehüllt, auf das Ende der höllisch langen Nacht. Beim Morgengrauen wird es vorbei sein.

Eine neue Gewitterphase bereitet sich vor, die sie trennen und Maria daran hindern wird, sie zu sehen.

Als er es tut, tut auch sie es, sie legt ihre Hände auf ihre einsamen Brüste, dann fallen ihre Hände wieder herab und klammern sich, nutzlos, am Balkon fest. Während sie sich soeben, als die beiden bis zur Bewußtlosigkeit zu einer einzigen Gestalt verschmolzen waren, allzuweit vorgewagt hatte, zieht sie sich jetzt wieder ein wenig vom Balkon zurück, zum Gang hin, in dem der wiederaufgekommene Wind sich bereits in den Lampengläsern verfängt. Nein, sie kann nicht darauf verzichten, sie zu sehen. Sie sieht sie noch. Und ihre Schatten sind auf jenem Dach. Nun lösen sich ihre Körper voneinander. Der Wind hebt ihren Rock hoch, und in der Helligkeit eines Blitzes haben sie gelacht. Der gleiche Wind, der unter ihren Rock fuhr, durchweht von neuem die Stadt, wobei er an die Dachfirste stößt. Im Handumdrehen wird das Gewitter dasein, wird auf die ganze Stadt niedergehen, wird die Straßen, die Balkone entvölkern. Er muß etwas zurückgewichen sein, um sie noch besser zu umarmen, um sie zum ersten Mal in jenem Glück wiederzufinden, das durch den ersonnenen Schmerz der Entfernung erneuert wird. Sie wissen nicht, sie befinden sich noch im Unwissen darüber, daß das Gewitter sie für diese Nacht trennen wird.

Noch muß man warten. Und so sehr wächst die Ungeduld des Wartens, daß sie ihren Höhe-

punkt erreicht und nun eine Ruhepause eintritt. Eine Hand von Pierre tastet über den ganzen Körper dieser andern Frau. Mit der andern Hand drückt er sie an sich. Die Sache ist besiegelt, ein für allemal.
Es ist halb elf Uhr abends. Im Sommer.
Und dann etwas später. Endlich ist die Nacht da, vollkommen da. In dieser Nacht, in dieser Stadt gibt es keinen Platz für die Liebe. Maria senkt den Blick angesichts dieser Gewißheit: sie werden sich in ihrem Durst verzehren, die Stadt ist überfüllt, in dieser wie für ihre Liebe geschaffenen Sommernacht. Die Blitze erhellen fortwährend die Gestalt ihres Begehrens. Sie sind immer noch da, eng umschlungen und reglos, seine Hand ruht jetzt für immer auf ihrer Hüfte, während sie, sie, sie, mit den Händen seine Schultern haltend, die fest in ihrer Umklammerung sind, ihren Mund auf seinen gepreßt, ihn verschlingt.
Gleichzeitig erhellen die Blitze das Dach ihnen gegenüber sowie, auf dessen First, neben einem Kamin, die ins Leichentuch gehüllte Gestalt des Verbrechers Rodrigo Paestra.

Der Wind nimmt zu, fegt durch den Gang, über die schlafenden Gestalten der Kinder hinweg. Eine Lampe ist erloschen. Doch nichts vermag sie zu wecken. Die Stadt ist finster und schläft. In den Zimmern ist Stille eingekehrt. Judiths Gestalt liegt artig da.

Sie sind ebenso rasch vom Balkon verschwunden, wie sie aufgetaucht waren. Er muß sie, ohne sie loszulassen – wie könnte er das –, ins Halbdunkel eines schlafenden Gangs gezogen haben. Der Balkon ist verödet. Maria schaut ein weiteres Mal auf ihre Uhr. Es ist beinahe elf. Als der Wind heftiger hereinbläst, stößt die Gestalt eines Kindes – es ist nicht das ihre – einen Schrei aus, nur einen, dreht sich um und sinkt wieder in Schlaf.

Und dann ist der Regen da. Und erneut sein unbeschreiblicher Geruch, der fade Geruch lehmiger Straßen. Auf die leblose Gestalt Rodrigo Paestras – leblos vor Schmerz, leblos vor Liebe – fällt der Regen ebenso wie auf die Felder.

Wo mögen sie an diesem Abend, in diesem Hotel, einen Ort finden, um zusammenzu-

kommen? Wo wird er an diesem Abend ihren leichten Rock hochstreifen? Wie schön sie ist. Gott, wie schön du bist. Ihre Gestalten sind mit dem Regen ganz vom Balkon verschwunden.
Im Regen der Straßen, Sommer, in den Höfen, in den Badezimmern, in den Küchen, überall Sommer, er ist überall, der Sommer gehört ihrer Liebe. Maria streckt sich, geht wieder hinein, legt sich auf den Gang, streckt sich noch einmal. Ist es jetzt geschehen? In einem andern finstern, schwülen Gang gibt es vielleicht niemanden – wer kennt sie schon alle? –, in jenem Gang zum Beispiel, der die Verlängerung ihres Balkons bildet, genau eine Etage höher, ist es in diesem wunderbarerweise vergessenen Gang, neben der Wand, auf dem Boden, geschehen?
In wenigen Stunden ist morgen. Man muß sich gedulden. Dieser Gewitterschauer dauert länger als der vorangegangene. Es regnet noch immer in Strömen. Auch auf das Glasdach, so daß es im ganzen Hotel fürchterlich widerhallt.
»Wir haben auf dich gewartet, Maria«, sagt Pierre.

Sie sind gekommen, als der Regen aufhörte. Sie hat ihre beiden Schatten sich nähern sehen, als sie neben Judith lag, riesige Schatten. Claires Rock bauscht sich über den Hüften und gibt die Knie frei. Der Wind im Gang. Zu schnell. Sie hatten nicht viel Zeit zwischen dem Verlassen des Balkons und dem Erscheinen bei Maria. Sie lächeln. Die Hoffnung war also unsinnig. Es ist nicht zur Liebe gekommen an diesem Abend in diesem Hotel. Man muß sich noch gedulden. Den ganzen Rest der Nacht.

»Du hast gesagt, du würdest zurückkommen, Maria«, fügt Pierre hinzu.

»Es tut mir leid. Ich war müde.«

Sie hat gesehen, wie er sie aufmerksam auf dem Boden suchte, wie er beinahe an ihr vorbeigegangen wäre und dann neben ihr stehenblieb, der letzten am Ende des Gangs, wo dieser in den schwarzen Schlund des Speisesaals mündet. Claire folgte.

»Du bist nicht zurückgekommen«, sagt Claire.

»Es tut mir leid«, wiederholt Maria und zeigt auf Judith, »sie hätte Angst gehabt.«

Pierre lächelt. Sein Blick schweift von Maria ab und entdeckt hinten im Gang ein offenes Fenster, das auf einen Balkon geht.
»Welch ein Wetter«, sagt er.
Er verscheuchte die Entdeckung des Fensters, kaum hatte er sie gemacht. Ob ihn Angst überkam?
»Und das wird noch die ganze Nacht anhalten«, sagt er. »Erst bei Tagesanbruch wird es aufhören.«
Allein an seiner Stimme hätte sie es erraten können, seiner zitternden, veränderten Stimme, die ihrerseits vom Verlangen nach dieser Frau erfüllt war.
Sie aber, Claire, lächelt beim Anblick von Judith, von Judiths kleiner, gekrümmter Gestalt, eingewickelt in ihre braune Decke. Ihr Haar ist noch naß vom Regen auf dem Balkon. Ihre Augen schimmern im gelben Licht der Petroleumlampe. Die blauen Steine deiner Augen. Ich werde deine Augen verschlingen, sagte er, diese Augen. Ihre jungen Brüste zeichnen sich deutlich unter dem weißen Pullover ab. Der blaue Blick ist verstört, gelähmt von

der Unbefriedigtheit, von der Erfüllung der Unbefriedigtheit. Dieser Blick hat sich von Judith abgewandt und ist zu Pierre zurückgekehrt.

»Bist du noch mal in ein Café gegangen, Maria?«

»Nein, ich bin dageblieben.«

»Zum Glück sind wir nicht nach Madrid weitergefahren«, sagt Pierre. »Siehst du.«

Er hat sich wieder dem offenen Fenster zugewandt.

»Zum Glück, ja.«

Von der Straße her, die am Hotel vorbeiführt, ertönt ein Pfiff. Ist es soweit? Kein zweiter Pfiff. Sie warten alle drei. Nein. Nur eine weitere Ablösung des Wartens. Schritte, schwerfällig vom Straßenschlamm, entfernen sich in nördlicher Richtung. Sie sprechen nicht davon.

»Heute abend ist ihr nicht heiß«, sagt Claire.

Maria streichelt Judiths Stirn.

»Kaum. Weniger als gewöhnlich. Es ist angenehm kühl.«

Allein an Claires Brüsten hätte Maria erraten können, daß sie sich liebten. Sie werden sich neben sie hinlegen, getrennt, und dabei vom Verlangen gepeinigt, zerrissen sein. Und sie lächeln, beide gleichermaßen schuldig, erschrocken und glücklich.
»Wir haben auf dich gewartet«, wiederholt Pierre.
Selbst Claire hat die Augen gehoben. Dann schlägt sie sie nieder, und auf ihrem Gesicht bleibt nur ein fernes, unauslöschliches Lächeln zurück. Allein schon das Niederschlagen der Augen über diesem Lächeln mitanzusehen, hätte Maria alles erkennen lassen. Welch eine Herrlichkeit. Über welcher Herrlichkeit sich diese Augen schließen. Sie müssen überall, überall im Hotel ihren Ort gesucht haben. Es ist nicht möglich gewesen. Sie haben es aufgeben müssen. Maria wartet auf uns, hat Pierre gesagt. Welch eine Zukunft vor ihnen, all diese Tage, die kommen werden.
Pierres Hände hängen herab. Seit nunmehr acht Jahren liebkosen sie ihren Körper. Und jetzt taucht Claire in dieses Unglück ein,

das von diesen Händen zwangsläufig ausgeht.

»Ich lege mich hin«, verkündet sie.

Sie nimmt eine Decke, die von der Hoteldirektion auf einem kleinen runden Tisch bereitgelegt worden ist. Immer noch lächelnd, hüllt sie sich darin ein und streckt sich mit einem Seufzer unter der Petroleumlampe aus. Pierre rührt sich nicht.

»Ich schlafe«, sagt Claire.

Pierre nimmt seinerseits eine Decke und legt sich neben Maria, auf die andere Seite des Gangs.

Gibt es Rodrigo Paestra noch, zwanzig Meter von ihnen dreien entfernt? Ja. Wieder geht die Polizei durch die Straße. Wieder stößt Claire einen Seufzer aus.

»Ach, ich schlafe schon«, sagt sie. »Auf Wiedersehen, Maria.«

»Auf Wiedersehen, Claire.«

Pierre hat eine Zigarette angezündet. Regelmäßige Atemzüge erheben sich im kühlen Gang, der nach Regen und nach Claire riecht.

»Es ist angenehm«, sagt Pierre ganz leise.

Zeit vergeht. Maria müßte Pierre erneut sagen: »Verrückt, weißt du, aber Rodrigo Paestra ist wirklich auf einem Dach. Dort gegenüber. Und bei Tagesanbruch wird er gefaßt.«
Maria sagt nichts.
»Bist du müde, Maria?« fragt Pierre noch leiser.
»Weniger als gewöhnlich. Wahrscheinlich wegen des Gewitters. Das tut gut.«
»Das stimmt«, sagt Claire, »man ist weniger müde als sonst am Abend.«
Sie hat nicht geschlafen. Ein Windstoß löscht die letzte Lampe aus. Wieder erhellen Blitze das Ende des Gangs. Maria dreht sich etwas um, doch kann man von da, wo Pierre und sie liegen, das Dach nicht sehen.
»Das nimmt überhaupt kein Ende«, sagt Pierre. »Willst du, daß ich das Licht wieder anzünde, Maria?«
»Nicht nötig. Ich mag es lieber so.«
»Ich auch«, meldet sich Claire wieder zu Wort.
Maria schweigt. Sie weiß: Pierre hofft, sie werde bald einschlafen. Er raucht nicht mehr,

liegt unbeweglich, zur Wand gewandt. Claire aber spricht noch.

»Morgen«, sagt sie, »müssen wir gleich am Mittag die Zimmer in Madrid reservieren.«

»Ja, das müssen wir.«

Sie hat gegähnt. Pierre und Maria warten, daß sie einschläft. Es regnet stark. Kann man an einem Gewitter sterben, wenn man es sich wünscht? Maria glaubt sich zu erinnern, daß es die leblose Gestalt von Rodrigo Paestra war, die sie auf dem Dach gesehen hat.

Maria weiß, daß Pierre nicht schläft, daß er sorgfältig auf sie, Maria, seine Frau, achtet und daß das Begehren, das er für Claire empfindet, in diesem Moment durch die Erinnerung an seine Frau gedämpft, daß es durch die Furcht, sie habe etwas erraten, verdüstert und im Hinblick auf die neue Einsamkeit seiner Frau Maria an diesem Abend getrübt wird, zieht man in Betracht, wie sie früher zueinander standen.

»Schläfst du?«

»Nein.«

Sie haben sich noch einmal sehr leise unterhal-

ten. Sie warten. Ja, diesmal ist Claire eingeschlafen.
»Wie spät ist es?« fragt Maria.
Als der Regen aufhört, kommt die Polizei, die auch Rodrigo Paestra hören muß. Beim schwachen Schein der Zigarette, die er angezündet hat, schaut Pierre auf seine Uhr.
»Elf Uhr zwanzig. Willst du eine Zigarette?«
Maria sagt nicht nein.
»Es klart schon etwas auf«, sagt Pierre. »Vielleicht wird sich das Gewitter verziehen. Da bitte, Maria.«
Er reicht sie ihr. Während er sie ihr anzündet, richten sie sich etwas auf und legen sich dann wieder hin. Am Ende des Gangs hat Maria die dunkelblaue Fläche des Balkons ausgemacht.
»Solche Nächte sind lang«, sagt Pierre.
»Ja. Versuch zu schlafen.«
»Und du?«
»Ein Manzanilla käme mir gelegen. Aber das geht ja nicht.«
Pierre zögert mit der Antwort. Ein letzter, sehr leichter Schauer geht auf Rodrigo Paestra nieder. Auf der Straße wird halblaut gesungen und

gelacht. Schon wieder die Polizei. Doch im Gang herrscht Ruhe.
»Willst du nicht versuchen, etwas weniger zu trinken, Maria? Für einmal?«
»Nein«, sagt Maria. »Mehr.«
Der erdige Geruch steigt von den Straßen auf, unablässig, der Geruch von Tränen und jener, der ihm folgt, ihn begleitet, der Geruch von nassem Korn in voller Reife. Wird sie ihm wohl sagen: »Das mag sich dumm anhören, Pierre, aber Rodrigo Paestra ist dort drüben. Dort. Dort. Und bei Tagesanbruch wird er gefaßt.«
Sie sagt nichts. Er ist es, der spricht.
»Erinnerst du dich an Verona?«
»Ja.«
Wenn er seine Hand ausstrecken würde, würde sie Marias Haare berühren. Er hat von Verona gesprochen. Wie sie sich die ganze Nacht liebten, in einem Badezimmer in Verona. Auch damals war Gewitter, war Sommer, und das Hotel belegt. »Komm, Maria.« Er wunderte sich. »Wann, wann nur werde ich genug von dir bekommen?«

»Gib mir noch eine Zigarette«, sagt Maria.

Er gibt ihr eine. Diesmal hat sie sich nicht aufgerichtet.

»Wenn ich von Verona gesprochen habe, so deshalb, weil ich nicht anders konnte.«

Schlamm- und Korngeruch fluten durch den Gang.

Das Hotel badet in diesem Geruch, die Stadt, Rodrigo Paestra und seine Toten und die unerschöpfliche, doch vollkommen vergebliche Erinnerung an eine Liebesnacht in Verona.

Claire schläft gut. Jetzt dreht sie sich plötzlich um und seufzt unter der Wirkung dieses Geruchs der schlafenden Stadt und des kürzlichen Erlebnisses, der Hände von Pierre auf ihrem Körper an diesem Abend. Auch Pierre hört Claires Seufzen. Jetzt ist es vorbei. Claire beruhigt sich. Und Maria an Pierres Seite hört nur noch die kindlichen Atemzüge und, darüber hinweg, die Polizisten, die mit einer immer regelmäßigeren Pünktlichkeit vorbeigehen, je mehr sich der Morgen nähert.

»Schläfst du nicht?«

»Nein«, sagt Maria. »Wie spät ist es?«

»Viertel vor zwölf.« Er wartet. »Da, nimm noch eine Zigarette.«
»Gern. Um wieviel Uhr wird es hell in Spanien?«
»Sehr früh in dieser Jahreszeit.«
»Ich wollte dir sagen, Pierre.«
Sie nimmt die Zigarette, die er ihr hinhält. Seine Hand zittert ein wenig. Er wartet mit der Frage, bis er sich wieder hingelegt hat.
»Was willst du mir sagen, Maria?«
Pierre wartet lange auf eine Antwort, die nicht kommt. Er beharrt nicht darauf. Sie rauchen beide auf dem Rücken liegend, da der Fliesenboden auf die Hüften drückt. Man kann diese Tortur nur in ihrer schwächsten Form aushalten. Man kann nicht den Zipfel von Judiths Decke entfernen, der auf einem liegt, ohne den Blicken Pierres ausgesetzt zu sein. Man kann nur versuchen, zwischen jedem Zug die Augen zu schließen, sie ohne die geringste Bewegung wieder zu öffnen, zu schweigen.
»Welch ein Glück, daß wir dieses Hotel gefunden haben«, fährt Pierre fort.
»Ja, welch ein Glück.«

Er raucht schneller als sie. Seine Zigarette ist zu Ende. Er drückt sie auf der winzigen Fläche aus, die zwischen ihm und Maria übriggeblieben ist, inmitten des Gangs, zwischen den schlafenden Körpern. Die Schauer sind jetzt nur noch kurz, kurz wie ein Seufzer Claires.
»Weißt du, Maria, ich liebe dich.«
Auch Marias Zigarette geht zu Ende, sie drückt sie, wie Pierre, auf einer freien Fliese des Gangs aus.
»Ach ja, ich weiß es«, sagt sie.
Was geschieht? Was bereitet sich vor? Sollte das Gewitter wirklich zu Ende sein? Wenn ein Schauer niedergeht, ist es, als würden Wasserkübel auf das Glasdach und die Hausdächer ausgeleert. Ein Geräusch wie von der Dusche, das nur einige Sekunden dauert. Man hätte vor dieser Phase des Gewitters eingeschlafen sein müssen. Sich mit dem Gedanken an diese verpfuschte Nacht abfinden müssen, bevor dieser Augenblick eintrifft.
»Du mußt schlafen, Maria.«
»Ja. Aber dieser Lärm«, sagt sie.
Sie könnte es tun, sie könnte sich umdrehen

und ganz neben ihm liegen. Sie würden aufstehen. Sie würden sich beide weit von Claires Schlaf entfernen, wobei die Erinnerung an sie mit fortschreitender Nacht verblassen würde. Er weiß es.

»Maria. Maria. Du bist meine Liebe.«

»Ja.«

Sie hat sich nicht gerührt. Die Pfiffe auf der Straße lassen vermuten, daß der Morgen merklich näherkommt. Die Blitze sind nur noch sehr schwach und fern. Claire seufzt wieder unter der Macht der Erinnerung an Pierres Hände auf ihren entblößten Hüften. Doch man gewöhnt sich daran wie an das feine Kratzgeräusch des kindlichen Atems. Und der Regengeruch deckt die Einzigartigkeit von Claires Begehren zu, gibt sie jenem allgemeinen Begehren preis, das in dieser Nacht die ganze Stadt erfüllt.

Maria richtet sich vorsichtig auf, dreht sich leicht zu ihm, hält inne und sieht ihn an.

»Das mag sich dumm anhören, aber ich habe Rodrigo Paestra gesehen. Er ist dort drüben auf dem Dach.«

Pierre schläft. Er ist eingeschlafen, plötzlich, wie ein Kind. Maria erinnert sich, daß es immer so gewesen ist.
Er schläft. Diese Feststellung läßt sie lächeln. Wußte sie es nicht mit Sicherheit?
Sie richtet sich noch mehr auf. Er rührt sich nicht. Sie richtet sich ganz auf, streift seinen Körper, verlassen im Schlaf, befreit, einsam.
Als Maria den Balkon erreicht, sieht sie auf die Uhr, die sie bei sich hatte, am Handgelenk, ihre Uhr. Es ist halb eins. In drei Stunden vermutlich wird es in dieser Jahreszeit hell werden. Rodrigo Paestra, immer noch in derselben leblosen Stellung, in der sie ihn entdeckt hat, wartet darauf, bei Morgengrauen getötet zu werden.

IV

Über der Stadt hat der Himmel an Höhe gewonnen, doch in der Ferne berührt er noch immer die Kornfelder. Trotzdem ist es das Ende. Die Blitze sind schwächer geworden. Schwächer das Rollen des Donners. In zweieinhalb Stunden wird es hell werden, unabhängig vom Wetter. Ein schlimmer, verdeckter Tagesanbruch, ein schlimmer Tagesanbruch für Rodrigo Paestra. Noch schlafen alle, im Hotel und in der Stadt, außer ihr, Maria, und Rodrigo Paestra.

Das Pfeifen der Polizisten hat aufgehört. Sie drehen ihre Runden um die Stadt, um die Ausgänge der Straßen zu überwachen, und in Erwartung des fröhlichen Morgens, da sie Rodrigo Paestra fassen werden. In zweieinhalb Stunden.

Vielleicht wird Maria schlafen. Außerordentlich stark ist ihr Bedürfnis zu trinken. Vielleicht übersteigt es ihre Kräfte, den Tagesanbruch abzuwarten. Schon ist jener Augenblick der

Nacht gekommen, da die Stunden einen in die Müdigkeit des bevorstehenden, unvermeidlich gewordenen Tages stürzen. Allein die Aussicht, daß er kommt, bedrückt einen. Am bevorstehenden Tag wird ihre Liebe noch zunehmen. Man muß abwarten.

Maria bleibt auf dem Balkon, selbst als ein neuer Schauer den Himmel ein weiteres Mal auseinanderreißt. Der Schauer ist wieder leicht, lau.

Das auf beiden Seiten abfallende Dach ihr gegenüber wird vom Regen genäßt. Auf seinem First, an einem rechteckigen Kamin, auf jener Kante, die die beiden abfallenden Dachflächen trennt, befindet sich jenes Etwas, dessen Gestalt seit halb elf Uhr gleich geblieben ist, als Maria es dank einem Blitz entdeckt hat. Dieses Etwas ist in Schwarz gehüllt. Es regnet darauf wie auf das Dach. Dann hört es auf. Und die Gestalt ist da. Sie nimmt so vollkommen die Gestalt des Kamins an, daß man bei längerem Hinsehen gelegentlich bezweifelt, ob sie menschlich sei. Vielleicht handelt es sich um Zement, denkt man, um eine von der Zeit

geschwärzte Strebe des Kamins. Doch wenn ein Blitz das Dach erhellt, ist es zugleich eine menschliche Gestalt.
»Was für ein Wetter«, sagt Maria. Sie hat es gesagt, als hätte sie zu Pierre gesprochen. Dann wartet sie.
Die Gestalt bleibt gleich. Ein Glücksfall, wie er nur einmal im Leben vorkommt, wenn das der Mann ist. Die Polizisten gehen vorüber, schweigsam, müde, mit klatschenden Stiefeln. Jetzt sind sie vorbei.
Diesmal ruft Maria.
»Rodrigo Paestra.«
Allein die Vermutung, er könnte antworten, sich bewegen, diese unmenschliche Stellung aufgeben, erzeugt in der Phantasie unmäßige Freude.
»He«, ruft Maria. Sie macht eine Geste zum Dach hin.
Nichts hat sich bewegt. Der Schlaf fällt allmählich von Maria ab. Was bleibt, ist das Bedürfnis nach Alkohol. Sie erinnert sich, daß es im Auto eine Flasche Kognak gibt. Vorhin, als sie es Pierre gegenüber erwähnte, war das Bedürfnis

nach Alkohol noch leicht, war kaum spürbar gewesen, jetzt wird es sehr heftig. Sie blickt in den Gang, ob irgendein Licht im Speisesaal darauf hoffen läßt, daß sie trinken kann. Nichts. Wenn sie Pierre bitten würde, würde er es tun. Heute nacht würde er es tun, er würde einen Kellner wecken. Sie wird es nicht tun, sie wird Pierre nicht wecken. »Weißt du, Maria, ich liebe dich.« Er schläft neben Claire, seit sie den Gang verlassen hat. Soll er also neben Claire schlafen. Soll er schlafen, schlafen. Wenn das Rodrigo Paestra wäre, ausgerechnet in dieser Nacht, welch ein Glücksfall wäre das für Maria. Wie unterhaltsam in dieser Langeweile. Diesmal geht es um Claire.
»He, du dort«, ruft Maria von neuem.
Man muß warten. Warum sollte jene Gestalt ein Mann sein? Ein einziges Mal in einem Menschenleben kommt so etwas vor, daß er es ist, ein Mann. Aber es kommt vor. Warum sich heute nacht dieser Vermutung verweigern?
»He«, ruft Maria von neuem.
Da sind auch schon die Polizisten mit den

langsamen und kraftlosen Schritten, die der Morgendämmerung entgegengehen. Maria verstummt. Sollte es Rodrigo Paestra sein? Die Wahrscheinlichkeit ist noch geringer als die der Liebe, doch sie besteht. Es ist durchaus möglich, daß er es ist. Da sie, Maria, es ist. Es ist durchaus möglich, daß er gerade heute nacht an sie, Maria, geraten ist. Liegt der Beweis nicht da, vor Augen? Der Beweis ist dringlich. Maria erfindet soeben, daß es Rodrigo Paestra ist. Niemand anderer weiß es außer derjenigen, die sich elf Meter von ihm entfernt befindet, von diesem in der ganzen Stadt so gesuchten Mann, dem Gewittermörder, diesem Schatz, diesem Monument des Schmerzes.

Wieder fällt der Regen sanft auf ihn. Auch auf den Rest, auf die übrigen Dächer, das Korn, die Straßen. Die Gestalt hat sich nicht gerührt. Sie wartet auf die Festnahme, auf den Tod in der Dämmerung des bevorstehenden Tages. Die Dämmerung wird die Dächer allmählich erhellen. Wenn das Gewitter sich von diesen Kornfeldern und dieser Gegend verzogen haben wird, wird sie rosa sein.

»Rodrigo Paestra, Rodrigo Paestra«, ruft Maria.
Will er also sterben? Da sind die Polizisten. Mit Rücksicht auf den Schlaf der Stadtbewohner drehen sie ihre Runden, ohne zu sprechen, ohne zu rufen, ihrer Sache gewiß. Sie sind im Straßensumpf nach rechts abgebogen, und ihr Schritt verhallt ohne Echo. Maria ruft etwas lauter.
»Antworten Sie, Rodrigo Paestra. Antworten Sie mir.«
Sie lehnt sich gegen das Eisengeländer des Balkons. Das Geländer vibriert. Es ist Marias Herz. Er hat nicht geantwortet. Die Hoffnung verringert sich, wird winzig und schwindet. Bei Tagesanbruch wird sie wissen, ob er es ist. Dann aber wird es zu spät sein.
»Ich flehe Sie an, Rodrigo Paestra, antworten Sie mir.«
Ist er es nicht? Nichts ist gewiß. Außer, daß Maria es will.
Im Gang hat jemand gehustet. Sich bewegt. Pierre. Ja.
Im Laufe der nächsten beiden Tage werden

Pierre und Claire zusammenkommen. Sie werden sich dieser schwierigen Arbeit verschreiben. Sie müssen einen Ort finden, um es zu tun. Was danach folgen wird, ist noch unbekannt, unvorhersehbar, ein Abgrund an Zeit. Eine Zeit, von der sie ebensowenig wissen wie Maria, die sich schon jenseits der Gewitter erstreckt. Madrid wird der Anfang sein. Morgen.
Welche Worte finden? Welche?
»Rodrigo Paestra, haben Sie Vertrauen zu mir.«
Es ist bereits ein Uhr morgens. In zwei Stunden wird Rodrigo Paestras Falle zuschnappen, wenn nichts anderes geschieht als das Vergehen der Zeit bis Tagesanbruch.
Über die Balkonbrüstung gelehnt, betrachtet Maria den Mann. Der Himmel über ihm ist klar. Der Regen muß jetzt aufhören, unbedingt. Etwas Blau und Mond, so möchte man meinen, kommen an einem weiten und leichten Himmel zum Vorschein. Nichts, gar nichts rührt sich am Kamin. Das Regenwasser rieselt von der Gestalt herab wie von den Dächern.

Auch das Feuer würde sie verbrennen. Er wird sich bei Tagesanbruch nicht ergeben. Er wartet einzig darauf, von den anerkannten Schützen der Stadt erschossen zu werden, an diesem letzten Ort.

Maria beginnt, den Oberkörper weit über die Brüstung gelehnt, zu singen. Ganz leise. Eine Melodie dieses Sommers, die er kennen muß, zu der er mit seiner Frau getanzt hat auf abendlichen Bällen.

Maria hört auf zu singen. Sie wartet. Ja, das Wetter ist wieder schön geworden. Das Gewitter hat sich verzogen. Die Morgendämmerung wird schön sein. Rosig. Rodrigo Paestra will nicht leben. Das Lied hat an seiner Gestalt nichts verändert. An dieser Gestalt, die immer eindeutiger ihm gleicht. Eine bewegliche, längliche Gestalt, wie sie den Menschen kennzeichnet, ohne Ecken, und mit diesem kleinen Kopf am Ende, dieser plötzlichen Rundung, die aus der Masse des Körpers hervorkommt. Ein Mann.

Maria klagt lange in die Nacht. Sie glaubt zu träumen. Die Gestalt hat sich nicht gerührt. Sie glaubt zu träumen, diese rühre sich nicht, wenn es sich um Rodrigo Paestra handelt. Maria klagt der Gestalt ihr Leid.

Die Stadt wird abstrakt wie ein Gefängnis. Kein Korngeruch mehr. Es hat zu viel geregnet. Es ist zu spät. Man kann nicht mehr von der Nacht sprechen. Aber wovon denn, wovon?

»Oh, ich flehe Sie an, ich flehe Sie an, Rodrigo Paestra.«

Sie würde ihn für einen Schluck Kognak hergeben, den sie nicht holen wird. Vielleicht können wir etwas tun, Rodrigo Paestra. Rodrigo Paestra, in zwei Stunden wird es hell.

Sie gebraucht jetzt Wörter, die nichts bedeuten. Die Mühe ist gewaltig. Sie ruft ihn, ruft diesen animalischen Schmerz.

»He, du dort, he.«

Endlos, mit Sanftheit, wie sie ein Tier rufen würde. Immer lauter. Sie hat die Balkonfenster hinter sich geschlossen. Jemand hat etwas gebrummt und ist wieder eingeschlafen.

Und Polizei kommt. Da ist sie. Sie ist soeben angekommen, wahrscheinlich neue Leute, sie unterhalten sich. Sie reden mehr als die vorangegangenen. Die Verstärkung für den Morgen. Im Hotel kursierte das Gerücht, daß sie kommen würden. Sie reden vom Wetter. Maria, die sich über die Balkonbrüstung lehnt, sieht sie. Einer von ihnen hebt den Blick, betrachtet den Himmel, sieht Maria nicht und sagt, das Gewitter habe sich in der Gegend tatsächlich vollständig ausgetobt. Auf dem Platz weit hinten leuchtet ein Licht auf. Der Lastwagen, der die Verstärkung gebracht hat? Oder ein Café, das in dieser Nacht bereits geöffnet worden ist, wegen des Verbrechens und damit die Polizisten dort trinken und sich erfrischen können, während sie auf die Umzingelung der Stadt bei Tagesanbruch warten? Im Hotel sprach man von dreißig Mann Verstärkung. Der Regen rinnt von ihrem Haar, dem nassen Haar Marias, die schweißnaß ist. Die Patrouille ist vorbei.

»He, he«, ruft Maria wieder, wie sie ein Tier rufen würde.

Der Mond verschwindet hinter einer Wolke, doch regnen wird es nicht mehr. Er hat nicht geantwortet. Es ist Viertel nach eins. Während die Wolke über den Himmel zieht, ist er nicht zu sehen. Dann befreit sich der Himmel wieder von dieser Wolke. Es hat nicht geregnet. Da ist er wieder an dem Kamin, immer noch reglos, unverändert, für alle Ewigkeit.

»Sie sind ein Dummkopf«, schreit Maria.

Niemand in der Stadt ist aufgewacht. Nichts geschieht. Die Gestalt hält sich nach wie vor in ihre Dummheit gehüllt. Im Hotel hat sich nichts gerührt. Doch in dem Haus, das ans Hotel grenzt, leuchtet ein Fenster auf. Maria weicht leicht zurück. Man muß warten. Das Fenster erlischt. Sie darf nicht mehr schreien. Der Schrei kam aus dem Hotel, von einem Touristen. Also schlafen die Leute wieder ein. Eine tödliche Ruhe greift um sich. Und in dieser Ruhe fährt Maria zu schimpfen fort.

»Dummkopf, Dummkopf«, sagt sie, leise, nun schon besonnen.

Da ist wieder die Patrouille. Maria schimpft nicht mehr. Die Patrouille ist vorbei. Sie redeten von ihrer Familie, ihrem Gehalt. Hätte Maria eine Waffe, würde sie auf die Gestalt schießen. Damit es zu Ende sei. Marias Bluse klebt an ihren Schultern, naß vom Regen, der nicht mehr trocknet. Man muß auf den Tagesanbruch warten und auf den Tod Rodrigo Paestras.

Sie ruft nicht mehr. Er weiß es. Sie hat die Tür zum Gang wieder geöffnet. Sie sieht sie, sieht die anderen, in grausamer Getrenntheit schlafen. Sie schaut sie lange an. Diese Liebe ist noch nicht vollzogen. Welche Geduld, welche Geduld, sie verläßt den Balkon nicht. Rodrigo Paestra weiß, daß sie da ist. Noch atmet er, noch hält er sich in dieser zu Ende gehenden Nacht. Er ist dort, zur Stelle, geographisch mit ihr vereint.

Ein klimatisches Wunder ereignet sich, wie oft im Sommer. Der Horizont hat sich aufgehellt, und dann allmählich der ganze Himmel. Das Gewitter hat sich aufgelöst. Es existiert nicht mehr. Sterne sind da, ja, an diesem Himmel vor der Dämmerung. Das dauert lange. Die Sterne könnten einen weinen machen.

Maria ruft nicht mehr. Sie schimpft auch nicht mehr. Seit sie ihn beschimpft hat, hat sie ihn nicht mehr gerufen. Aber sie bleibt auf dem Balkon, den Blick auf ihn gerichtet, auf diese Gestalt, auf diese animalische Idiotie des Entsetzens. Die zugleich auch ihre, Marias, Gestalt ist.

Eine Viertelstunde vergeht, die die Zeit, die einer grünen Dämmerung entgegenführt, um ebensoviel verkürzt, einer Dämmerung, die zuerst in den Kornfeldern herumschnüffeln und schließlich dieses Dach da gegenüber abtasten wird, um es anderen Augen als ihren zu enthüllen, in seiner ganzen Abscheulichkeit. Nein, Maria ruft nicht mehr. Der Augenblick altert, überlebt sich. Sie wird nicht mehr rufen, Maria. Nie mehr.

Die Nacht schreitet fort in schwindelerregendem Tempo, verzehrt die ruhigen Etappen ihres Laufs.

Ohne Zwischenfälle. Außer dem der bitteren Dauer des Scheiterns. Maria erkennt es.

Eine Chance bleibt. Daß er durch sein Leichentuch hindurch sehen kann, daß sie noch da ist, auf ihrem Posten, daß sie auf ihn wartet. Und daß er seinerseits glaubt, eine letzte Liebenswürdigkeit erweisen zu müssen, und ihr ein Zeichen gibt. Die Chance, daß er sich daran erinnert, wie die Zeit vergeht, während sie unbequem auf diesem Balkon wartet, und daß sie vielleicht bis zur Dämmerung hier ausharren wird. Die Chance, daß er ihretwegen einen kurzen Moment aus der Unbefangenheit der Verzweiflung auftaucht, sich an bestimmte Grundregeln menschlichen Verhaltens erinnert, an Krieg, Flucht, Haß. An den Staffellauf der rosafarbenen Dämmerung über seinem Heimatort. An die allgemeinen Gründe der Existenz, auf die Länge, zu guter Letzt, selbst nach Verschwinden dieser Gründe.

Ein blauer Lichtstrahl fällt jetzt vom Himmel. Unmöglich, daß er diese Frauengestalt nicht sieht, die sich – wie keine bisher – auf dem Hotelbalkon ihm entgegenstreckt. Mag er auch sterben wollen, ein letztes Mal könnte er ihr antworten.

Wieder die Höllenpolizisten. Sie sind vorbei. Dann ist es still. Das blaue Licht des Himmels hinter Maria ist so hell, daß man den Gang sehen kann, wo Claire und Pierre in einiger

Entfernung voneinander schlafen. Ein unaussprechlicher Unterschied, der des Schlafs, trennt sie noch für ein paar Stunden. Morgen wird im Hotel in Madrid die Liebe vollzogen, unerhört, unter Schreien. Ach Claire. Du.

Hat er, als sie sich umdrehte, die Hoffnung aufgegeben, sie wiederzusehen?

Aus dem schwarzen Leichentuch ist etwas zum Vorschein gekommen. Etwas Weißes. Ein Gesicht? Oder eine Hand?

Er war es, Rodrigo Paestra.

Sie stehen sich Auge in Auge gegenüber. Es ist ein Gesicht.

Das Aufklaren des Wetters wird deutlich. Sie stehen sich Auge in Auge gegenüber und sehen sich an.

Unten auf der Straße geht plötzlich die Polizei vorbei, redselig, in Vorfreude der morgendlichen Stimmung des Tötens.

Maria wird von Glück übermannt. Sie fassen Mut. Während die Polizei vorbeigeht, sehen sie sich weiter an. Das Warten entlädt sich plötzlich, befreit. An allen Enden des Himmels, auf allen Straßen, und bei den Schlafenden. Allein schon aufgrund des Himmels hätte Maria erraten, daß es Rodrigo Paestra war. Jetzt ist es ein Uhr fünfzig in der Früh. Anderthalb Stunden vor seinem Tod hat Rodrigo Paestra eingewilligt, sie zu sehen.

Maria hebt die Hand zum Zeichen des Grußes. Sie wartet. Eine Hand kommt langsam, langsam unter dem Leichentuch hervor, hebt sich und gibt ihrerseits ein Zeichen von allgemeiner Verständlichkeit. Dann sinken beide Hände zurück.

Der Horizont ist nun endlich völlig gereinigt vom Gewitter. Wie eine Klinge fährt er ins Korn. Ein lauer Wind kommt auf und beginnt, die Straßen zu trocknen. Es ist schön wie am Tag, strahlend schön. Noch ist die Nacht intakt. Lösungen sind vielleicht möglich, was die Unsicherheit des Gewissens betrifft. Man könnte es glauben.

Maria hebt noch einmal heiter die Hand. Wieder antwortet er. Ach, wie wunderbar. Sie hat die Hand gehoben, um ihm zu verstehen zu geben, daß er warten soll. Warten Sie, sagte die

Hand. Ob er es verstanden hat? Er hat es verstanden. Der Kopf ist nun ganz aus dem schwarzen Leichentuch hervorgekommen, weiß wie ein Dragee. Sind sie elf Meter voneinander entfernt? Hat Rodrigo Paestra verstanden, daß sie ihm wohlgesinnt ist? Er hat es verstanden. Maria beginnt von neuem, gedul dig, besonnen. Warten Sie, warten Sie, Rodrigo Paestra. Warten Sie noch ein wenig, ich werde hinuntergehen, werde zu Ihnen kommen. Wer weiß, Rodrigo Paestra.

Die Patrouille nähert sich. Diesmal zieht sich Maria in den Gang zurück. Auch der Kopf hat es gehört und hat sich von neuem mit seinem Leichentuch bedeckt. Aber von dort unten können sie nichts sehen. Sie kämen nicht auf die Idee. Sie haben wieder von ihrer Arbeit geredet, von ihrem schlechten Gehalt, vom harten Polizistenberuf. Wie die letzte Streife. Man muß warten. Jetzt sind sie vorbei.

Der Kopf ist von selbst aus seinem Leichentuch geschlüpft und blickt zum Balkon, wo die Frau wartet. Wieder gibt sie ein Zeichen, daß er warten solle. Der Kopf neigt sich. Ja, er hat

verstanden, daß er warten muß, daß sie hinuntergehen, zu ihm kommen wird.
Alle im Gang schlafen. Maria zieht die Schuhe aus, um sich zwischen den schlafenden Körpern hinauszustehlen. Das kleine Mädchen liegt da, in einer Haltung seliger Ruhe, auf dem Rücken. Da ist auch die schlafende Claire. Und Pierre. Zwei Schritt von ihr entfernt, von Claire begehrt, ohne es zu wissen. Von Claire, dieser schönen Frucht des langsamen Verfalls ihrer Liebe.
Maria hat den Gang verlassen. Sie hält die Schuhe in der Hand. Durch das Glasdach senkt sich die Helligkeit der Nacht auf die Tische und taucht die Tischtücher, die Luft in ein bläuliches Licht. Die Tische sind halb abgeräumt. Auf den Sitzbänken liegen Menschen: die Kellner mußten ihre Zimmer den Touristen überlassen. Das ganze Personal schläft noch.
Maria durchquert von neuem diesen Schlaf. Es ist Sommer. Das Personal ist erschöpft. Die Türen zum Hof sind wahrscheinlich offen geblieben. Es handelt sich um ein im Affekt be-

gangenes Verbrechen, um einen Zufallsmörder. Weshalb hätte man die Türen verschließen sollen? Rechts befindet sich das Büro der Hoteldirektorin, das Büro, in dem Claire und Pierre gestern abend endlich allein sein konnten, eine Weile ohne sie. Das Büro liegt im Dunkeln. Maria schaut durch die Scheibe. Niemand schläft hier. Wenn Maria das Hotel auf dieser Seite verlassen will, muß sie einen kleinen verglasten Korridor durchqueren, der an den Gang grenzt.

Die Tür dieses Ganges ist verschlossen.

Maria versucht es noch einmal. Der Schweiß kribbelt ihr auf dem Kopf. Die Tür ist verschlossen. Zur Straße gibt es nur einen Ausgang, die Treppe, die in diesen Gang mündet. Bleiben die Seitenausgänge des Dienstbotentrakts.

Maria durchquert wieder den Speisesaal. Hinten gibt es Türen. Eine von ihnen ist offen. Da ist die Küche. Zuerst ein Anrichtezimmer. Dann, langgestreckt, eine riesige Küche. Hier herrscht ein unsägliches Durcheinander. Man kann es sehen, weil eine große Fensteröffnung es noch stärker erhellt als den Speisesaal. Sollte das die Morgendämmerung sein? Unmöglich, daß das die Morgendämmerung ist. Maria sieht durchs Fenster. Es ist eine Lampe in dem Hof, wo die Autos geparkt sind. Hier herrscht noch die klebrige, lastende Schwüle der Backöfen, die Übelkeit verursacht.

Inmitten der Küche, fast beim Ausgang, schläft ein junger Mann auf einem Feldbett.

Hinten, wo sich die Mauern verengen, zwischen dem Fenster und einem Schrank, ist eine Tür. Sie ist offen. Maria macht sie einen Spalt weit auf. Der junge Mann dreht sich um und brummt etwas. Dann verstummt er, und Maria öffnet die Tür. Die Tür ging auf eine Wendeltreppe. Ob Rodrigo Paestra noch immer Hoffnung hat? Die Stufen sind aus Holz. Sie knarren unter Marias Schritten. Die Hitze ist hier so wie am Tag. Der Schweiß rinnt aus Marias Haar. Zwei Stockwerke. Die Treppe führt zwei Stockwerke hoch und ist vollkommen dunkel.

Die Glastür ist offen. Sie geht auf die Garagen, auf den Innenhof des Hotels. Maria hatte nicht daran gedacht. Aber auch hier muß jemand Wache halten. Er kann nicht gehört haben, wie Maria Rodrigo Paestra gerufen hat. Der Hof liegt abseits von der Straße. Oder es ist niemand da. Und in diesem Fall müßte das Tor verschlossen sein. Maria blickt auf ihre Uhr. Es ist fünf nach zwei. Pierre war es, der das Auto in die Garage gebracht hat. Maria weiß nicht, wo es sich befindet. Sie tritt hinaus. Der Hof wirkt sandig, hellgelb. Die zahlreichen Autos stehen hinten, in einem Schuppen, ganz im Dunkeln.

Maria steht neben der Tür. Sie schließt sie. Die Tür gibt einen hellen Klagelaut von sich, den anscheinend niemand hört. Niemand? Man muß abwarten. Nein, offenbar hat niemand den Klagelaut der Tür gehört.

Der Hof zwischen dieser Tür und dem Schuppen ist leer, groß und leer. Man muß diesen Raum durchqueren. Die Mondsichel erhellt den Hof. In der Mitte des Hofs liegt der Schatten eines Dachs. Das Dach des letzten Hauses der Stadt, bevor die Kornfelder beginnen. Ja, das Licht, das durch das Küchenfenster fiel, kommt von einer Sturmlaterne, die zuoberst im Schuppen hängt und nun im leichten nächtlichen Wind schaukelt. Die Autos glänzen. Ein zuverlässiger Mann soll über diese Autos wachen. Wo?

In dem Augenblick, da Maria sich entschließt, den Hof zu überqueren, geht die Polizei durch die Straße, die sich hinter dem Tor des Hofs befindet. Sie kommen gerade aus jener anderen Straße, wo sich Rodrigo Paestra befindet. Maria erkennt ihren dumpfen Schritt im Schlamm der Straße: der letzten vor den Kornfeldern. Wieder unterhalten sie sich. Maria sieht auf ihre Uhr. Und stellt fest, daß dreizehn Minuten vergangen sind, seit sie den Balkon verlassen hat, das heißt seit dem Vorübergehen der letzten Patrouille. Bevor sie durch die Glastür des Treppenhauses getreten ist, hat sie ihre Schuhe angezogen. Sie überquert weiter den Hof. Und kommt im Schuppen an. Die Patrouille entfernt sich bereits.

Am besten, sie macht sich bemerkbar. Da ist der schwarze Rover. Maria öffnet die Wagentür. Dann wartet sie. Ein vertrauter Geruch

entströmt dem Rover: Claires Geruch. Maria schließt geräuschvoll die Wagentür.
Jemand hustet hinten im Schuppen. Dann fragt jemand, was los sei. Maria öffnet wieder die Wagentür, läßt sie offen und geht auf die Stimme zu.
Der Mann hat sich nicht von der Stelle gerührt. Er hat sich halb von einem Liegestuhl erhoben, der an der Wand steht, in jener Ecke des Schuppens, der am weitesten vom Tor entfernt ist.
»Ich bin ein Hotelgast«, sagt Maria. »Ich habe den kleinen schwarzen Rover gesucht.«
Sie holt aus ihrer Rocktasche Zigaretten hervor. Sie bietet ihm eine an, gibt ihm Feuer. Es ist ein Mann von etwa dreißig Jahren. Mit einer langsamen Handbewegung nimmt er die Zigarette. Er muß geschlafen haben. Er ist in die gleiche braune Decke gehüllt wie Rodrigo Paestra.
»Brechen Sie schon nach Madrid auf?«
Er wundert sich. Maria zeigt auf den Himmel.
»Nein«, sagt sie. »Es ist so schön draußen. Ich

kann nicht schlafen in diesen Hotelgängen. Ich mache eine kleine Fahrt.«
Der Mann erhebt sich ganz. Er steht vor ihr. Sie lächelt ihm zu. Noch gibt es Männer, die sie anschauen. Sie rauchen beide, sie sehen sich gut im Schein der Zigarette.
»Ich habe Sie gestört, verzeihen Sie. Es ist wegen des Tors.«
»Das macht nichts. Es ist nicht abgeschlossen. Im Sommer ist es immer so.«
Er schüttelt sich ein wenig. Spricht vom Wetter, von der Kühle, die sich jede Nacht zu dieser Stunde einstellt.
»Sie sollten sich wieder hinlegen«, sagt Maria. »Ich werde das Tor schließen.«
Er legt sich hin, sieht sie noch immer an. Und als sie sich entfernt, faßt er sich plötzlich ein Herz.
»Sie fahren ganz allein aus? Ich kann mitkommen, wenn Sie wollen. Wenn es nicht zu lange dauert.« Er lacht.
Auch Maria lacht. Sie hört ihr Lachen im leeren Hof. Der Mann beharrt nicht.
Maria läßt sich Zeit. Sie klappt das Verdeck

herunter, fixiert es. Der Mann hört es. Er ruft leise, bereits schlaftrunken.
»Das Gewitter ist zu Ende«, sagt er. »Morgen wird es schön sein.«
»Danke«, sagt Maria.
Sie steigt in den Rover, legt den Rückwärtsgang ein und hält ohne Scheinwerferlicht vor dem Tor. Sie trödelt herum. Es gilt, die nächste Patrouille abzuwarten, die in zwei Minuten vorbeikommen muß. Die Uhr zeigt es an.
Da ist sie. Die Patrouille bleibt vor dem Tor stehen, schweigt, geht weiter. Touristen, werden sie denken, die in der Nacht nach Madrid fahren, um von der Kühle zu profitieren.
Als Maria das Tor öffnet, ist die Patrouille verschwunden. Noch einmal muß sie aussteigen, doch diesmal sehr schnell. Maria tut es und schließt das Tor. Immer noch diese Hitze im Haar. Warum diese Angst? Warum?
Einst war das Wasser eines Sees so ruhig wie diese Nacht. Es war ein sonniger Tag. Maria erinnert sich an das Strahlen der Sonne auf dem Wasser des Sees, und, ganz plötzlich, auf dem Boot, durch die Ruhe des Wassers hindurch,

erstrahlte auch die Tiefe des Sees. Das Wasser war klar. Formen tauchten auf. Sie waren nicht ungewöhnlich, durch die Sonne aber verzerrt.

Pierre war im Boot, zusammen mit Maria.

Maria steigt wieder in den Rover. Der Wächter ist ihr nicht gefolgt. Sie sieht auf die Uhr. In weniger als anderthalb Stunden wird es tagen. Maria holt die Kognakflasche hervor und trinkt. Sie nimmt einen großen, einen riesigen Schluck. Er brennt so stark, daß sie die Augen schließen muß vor Lust.

V

Sie muß auf die Straße, die die Patrouille soeben verlassen hat. Am Ende der Straße werden sich ihre Wege trennen. Die Polizisten werden nach rechts, in die letzte Straße der Stadt einbiegen, die den Kornfeldern entlangführt. Sie selbst wird Richtung Hauptplatz fahren, parallel zur Vorderseite des Hotels. Vom Balkon aus hat sie die Stadt klar überblicken können. Die Sache ist möglich. Zwei im rechten Winkel zueinander verlaufende Straßen umgeben das Haus, auf dessen Dach sich Rodrigo Paestra befindet.
Sie fährt sehr langsam bis zur Kurve, wenige Meter vom Tor entfernt. Dann muß sie die Geschwindigkeit beschleunigen. Es bleiben nur noch zehn Minuten bis zur nächsten Patrouille. Es sei denn, ihre Berechnungen sind falsch. Sollte das der Fall sein, wird Maria Rodrigo Paestra wahrscheinlich zwei Stunden vor Tagesanbruch der Polizei ausliefern.
Der Rover verursacht ein sehr dumpfes Ge-

räusch, das vielleicht die vom Schlamm gedämpften Schritte der Patrouille übertönen könnte. Dennoch gilt es weiterzufahren. Da ist die Kreuzung der beiden Straßen, von wo aus sich diese in ihrer ganzen Länge überblicken lassen. Noch sind sie menschenleer. Schon in einer Stunde werden die Leute aufstehen, um auf die Felder zu gehen. Aber noch schlafen diese Leute.

Der Lärm des Motors weckt tatsächlich niemanden zu dieser nächtlichen Stunde.

Maria steigt nicht aus dem Rover. Hört er sie? Sie singt ganz leise.

Von da, wo sie ist, kann sie ihn nicht sehen. Sie sieht nur den Himmel, und am Himmel die klaren Konturen des Kamins. Der Teil des Dachs, der zur Straße hin abfällt, wo sich Maria befindet, liegt im Dunkel der Nacht.

Sie fährt fort, das Lied zu singen, das sie vorhin gesungen hat, als sie über ihr Leben verzweifelt war. Und während sie aus dem Rover steigt, singt sie weiter. Sie öffnet die hintere Wagentür, räumt die verschiedenen Gegenstände weg, die Judith bei jedem Aufenthalt zusammenliest und auf dem Hintersitz liegen läßt. Es liegen auch Zeitungen da. Eine Jacke von Pierre. Ein Schal von Claire, auch ihr eigener Schal liegt da. Zeitungen, Zeitungen.

Es bleiben noch etwa acht Minuten bis zur Ankunft der Patrouille.

Ein Schatten bricht die Umrisse des Dachfirstes, der sich so rein gegen den aufgeklarten Himmel abzeichnet. Er ist es. Er ist um den Kamin herumgegangen. Maria singt immer noch. Ihre Stimme läßt nicht locker. Singen kann man immer. Seit sie zu singen begonnen hat, kann sie nicht aufhören. Er ist dort.

Es scheint, als sei wieder der warme Wind aufgekommen. Er läßt die Palmen auf dem Platz ächzen. Er ist allein in den menschenleeren Straßen.

Er ist um den Kamin herumgegangen, immer noch in das schwarze Leichentuch gehüllt, in dem sie ihn zuvor gesehen hat. Jetzt hat er sich auf alle viere herabgelassen. Er wird zu einer noch unförmigeren Masse als am Anfang, ungeheuer ungelenk. Häßlich. Er kriecht über die Ziegel, während Maria singt.

Es bleiben noch etwa sechs Minuten bis zur Ankunft der Polizei.
Er trägt offenbar keine Schuhe. Er verursacht nicht mehr Lärm als der Wind, wenn dieser auf seinem Weg auf Bäume, Häuser, Straßenecken stößt.
Er ist langsam. Weiß er, wie wenig Zeit bleibt? Weiß er es? Seine vom langen Warten steifgewordenen Beine sind ungeschickt. Sein Gesicht ist enthüllt und sein riesiger Körper über den Dachfirst hingestreckt wie ein Tier auf der Fleischbank. Während sie weitersingt, bedeutet ihm Maria mit beiden Händen, die Dachschräge hinunterzurollen. Dann zeigt sie auf den Rover. Zeigt, daß er sich zuletzt in den Rover hineinfallen lassen soll. Sie singt schneller und immer schneller, dabei aber immer leiser. An dieser Stelle der Stadt ist die Mauer auf einer Länge von zwanzig Metern fensterlos. Niemand hört Maria.
Er tut es. Er hat die entsprechende Stellung eingenommen – die Füße zuerst in die Höhe, dann nach unten –, und er tut es. Sein Gesicht ist wieder im schwarzen Leichentuch ver-

schwunden, und eine Masse Lumpen in der undefinierbaren Farbe von Ruß kommt auf Maria zu.

Noch immer sind die Straßen menschenleer. Er rollt jetzt mit Geschick, bemüht, daß die Dachziegel kein Geräusch verursachen. Maria läßt den Motor stärker laufen. Sie singt noch immer, ohne zu bemerken, daß sie umsonst singt. Er ist da, er kommt, jetzt. Sie singt.

Er hat einen Meter zurückgelegt. Sie singt unentwegt, immer dasselbe Lied. Sehr leise. Einen zweiten Meter. Nun hat er drei Meter zurückgelegt. Die Straße ist noch immer menschenleer, nicht einmal der Nachtwächter zeigt sich, er ist zweifellos eingeschlafen.

Eine Patrouille muß vom Platz in Richtung Hotel Principal aufgebrochen sein, in den Norden der Stadt. Das ist ihre Strecke. Stimmen kommen von dort, zuerst laut, dann gedämpft. In vier Minuten ungefähr werden diese Stimmen am Ende der Straße, die am Hotel vorbeiführt, ertönen. Rodrigo Paestra bleibt nur noch ein Meter bis zu Maria.

In dem Augenblick, da sie glaubt, ihre Berechnungen seien falsch, weil bereits vor Ablauf der vier Minuten Schritte widerhallen, die bald in jener Straße zu hören sein werden, die an den Hotelbalkonen entlangführt, in dem Augenblick, da sie glaubt, sie verhöre sich, das könne nicht sein, glaubt es wohl auch Rodrigo Paestra, denn er überwindet den letzten restlichen Meter des Dachs, um sich mit einer noch schnelleren, noch geschickteren Drehung des Körpers in den Wagen fallen zu lassen – mit einem einzigen Satz. Er ist hineingesprungen. Er hat sich in den Rover fallen lassen. Eine weiche, schwarze Stoffmasse ist in den Rover gefallen.

Es ist geschafft. In dem Augenblick, da Maria anfährt, biegt die Patrouille vermutlich um die Ecke. Er hat sich auf den hinteren Sitz fallen lassen. Und muß von dort unter den Sitz gerollt sein. Nichts bewegt sich. Er muß nun ganz nahe, auf dem Teppich sein, in seine Decke gehüllt.

In einem Fenster ist Licht angegangen. Jemand hat gerufen.

Pfiffe ertönen in der ganzen Stadt, einer löst

den andern ab. Maria nähert sich dem Hauptplatz. Als er sich vom Dach hat fallen lassen, hat die Dachrinne unter seinem Gewicht nachgegeben und einen ohrenbetäubenden Krach gemacht, einen Heidenlärm. Ist Licht in einem Fenster angegangen? Ja. In zwei, drei Fenstern. Die Dinge schreien auf, die nächtlichen Türen.

Ist es der warme Wind, der aufgekommen ist? Ist es Rodrigo Paestra? Die Pfiffe ertönen in einem fort. Die Patrouille, die am Hotel entlangging, sie hat Alarm geschlagen. Sie hat aber nicht gesehen, wie fünfzig Meter weiter, in einer anderen Straße, der Rover angefahren ist. Der Wind hat das Motorgeräusch in Richtung der Felder getragen. Diese Rechtecke von Licht über den Feldern sind tatsächlich Fenster. Der Stromausfall dauert immer noch an, und sie brauchen lange, um hell zu werden. Nach einer Kurve befindet sich Maria etwa hundert Meter von dem Ort entfernt, wo die Polizei jetzt vermutlich die Dächer absuchen wird.

Eine Patrouille nähert sich im Laufschritt. Sie

hält an. Die Patrouille verlangsamt ihren Schritt, untersucht das leere Auto und entfernt sich. Sie hält etwas weiter vorn an, vor einem Fenster, und ruft. Niemand antwortet. Die Patrouille erreicht das Ende der Straße.

Es gilt, langsamer zu fahren. Weshalb hätte der Rover gerade dort stehen sollen, wo die gebrochene Dachrinne noch im Wind zittert? Der schwarze Rover gehört ihr, einem freien, unabhängigen Hotelgast, den die schlechte Nacht verstört hat. Wovor sollte sich Maria fürchten?

Fürchtet sie sich nicht mehr? Die Angst ist fast ganz verschwunden. Geblieben ist nur die frische, soeben entfaltete, voll erblühte Erinnerung an das, was sie war. Weniger als eine Minute ist vergangen. Die Angst wird ebenso unvorstellbar wie die verworrene Jugend des Herzens.

Maria muß den Platz überqueren. Sie tut es. Sie weiß jetzt, daß hinter ihr nichts von Rodrigo Paestra zu sehen ist. Der Sitz ist leer. Es ist unmöglich, die Stadt zu verlassen, ohne diesen Platz zu überqueren, von dem die beiden Aus-

fallstraßen ausgehen, die eine nach Madrid, die andere in Richtung Frankreich, Barcelona.
Ein Auto, ein einziges – irgendwann muß es ja losgehen zu dieser nächtlichen Stunde –, fährt auf Madrid zu. Der erste Tourist, wird man sagen.
Etwa zwanzig Polizisten stehen gegenüber dem Café, in dem Maria tags zuvor Manzanilla getrunken hat. Sie horchen auf die Pfiffe, antworten, warten auf den Befehl, sich einzustellen. Einer von ihnen hält Maria an.
»Wohin fahren Sie?«
Er betrachtet das leere Auto, vergewissert sich, lächelt ihr zu.
»Ich bin ein Hotelgast. Wir haben kein Zimmer, und ich kann bei dem Lärm, den Sie da machen, nicht schlafen«, fügt sie hinzu. »Ich fahre etwas umher. Was ist hier los?«
Glaubt er ihr? Ja, er betrachtet sie aufmerksam, dann wendet sich sein Blick von ihr ab und weist in die Richtung des Hotels, in die Ferne. Er erklärt es ihr.
»Offenbar hat man Rodrigo Paestra auf den Dächern gefunden, aber sicher ist es nicht.«

Maria dreht sich um. Stablampen suchen die Dächer ab, anscheinend die letzten vor dem Hotel. Der Polizist fügt nichts hinzu.
Sie fährt sachte an. Die Straße nach Madrid befindet sich ihr gegenüber. Sie muß um die Zwergpalmen herumfahren. Sie erinnert sich ganz genau, daß das die Straße nach Madrid ist. Es kann keinen Zweifel geben.
Die Mechanik des Autos funktioniert. Claires schwarzer Rover startet und fährt dann in der von Maria gewünschten Richtung, Richtung Madrid. Nun sitzt Maria am Steuer und fährt langsam und vorsichtig um den Platz herum. Noch immer ertönen Pfiffe in jenem Teil der Stadt, in dem die Dachrinne schreit. Ein Schakal.
Der junge Polizist sieht verlegen und lächelnd zu, wie Maria sich entfernt. Sie fährt um ihn, um den Platz herum. Lächelt er ihr zu? Sie wird es nie erfahren. Sie nimmt die große Straße, die nach Westen führt, zum Hotel. Sie hat nicht geschaut, ob auf den Balkonen neben den ihr bekannten Gängen Licht gebrannt hat.

Das ist die Straße nach Madrid. Die größte Straße Spaniens. Gewaltig, schnurgerade.
Die Stadt ist natürlich noch nicht zu Ende. Und ein, zwei Patrouillen, die unverrichteterdinge zurückgekehrt sind, begegnen sich und betrachten den schwarzen Rover mit dem ausländischen Nummernschild, der heute so früh in Richtung Madrid fährt. Doch das Gewitter vom Vorabend und diese plötzliche Frische der Nacht lassen manche von ihnen lächeln.
Einer von ihnen hat die einsame Frau am Steuer angerufen.
Da sind zwei Garagen. Und anschließend eine Art Werkstatt, ziemlich groß und alleinstehend. Und dann sehr kleine Häuser. Maria weiß nicht mehr, wie spät es ist. Es ist irgendeine Stunde vor der Morgendämmerung. Doch die Morgendämmerung ist nicht da. Sie braucht die gewohnte Zeit, um zu erscheinen. Sie ist noch nicht da.
Nach den Häusern, den Hütten kommt das Korn. Nichts als dieses Korn unter dem blauen Licht. Blau ist das Korn. Und so schnell nicht

hinter sich zu bringen. Maria fährt langsam, doch sie kommt voran. In einer Kurve, in einem bestimmten Augenblick der Nacht, taucht deutlich sichtbar eine Tafel vor den Scheinwerfern auf, und sie stellt fest, daß sie vierzehn Kilometer von der Stadt entfernt ist, die sie verlassen hat, der Stadt Rodrigo Paestras.

Sie fährt weiter bis zu einem Feldweg, dunkel im hellen Korn. Sie biegt in diesen Weg ein, fährt fünfhundert Meter und hält an. Auf beiden Seiten des Weges ist das gleiche Korn wie zuvor, und die Nacht ist ebenso intakt. Kein Dorf ist zu sehen, soweit das Auge reicht. Und die Stille ist vollkommen, kaum hat Maria den Motor abgestellt.

Als Maria sich umdreht, ist Rodrigo Paestra dabei, sein Leichentuch abzulegen.

Er hat sich hingesetzt und sieht sich um. Sein Gesicht ist ungenau im blauen Licht der Nacht.

Wenn es in dieser Ebene Vögel gibt, so müssen sie noch schlafen, im aufgeweichten Lehmboden, zwischen den Halmen des Korns.

Maria nimmt Zigaretten aus ihrer Rocktasche. Sie hält ihm eine hin. Er stürzt sich auf die Zigarette, und als sie ihm Feuer gibt, bemerkt sie, daß Rodrigo Paestra vor Kälte zittert. Er raucht die Zigarette mit beiden Händen, um sie nicht fallen zu lassen. Es ist kalt in Gewitternächten in Spanien, eine Stunde vor Sonnenaufgang.

Er raucht.

Er hat diese Frau nicht angesehen.

Sie aber sieht ihn an. Rodrigo Paestra heißt er. Während sie das Korn betrachtet, sieht sie ihn.

Sein Haar klebt ihm am Kopf. Seine Kleider haften ihm am Körper wie die Kleider eines Ertrunkenen. Er muß groß und robust sein. Vielleicht dreißig Jahre alt. Er raucht noch immer. Was betrachtet er? Er betrachtet die Zigarette. Wenn er sie betrachtet, sieht man wohl, daß seine Augen schwarz sind.

Maria entfaltet das Plaid, das neben ihr liegt, und reicht es ihm. Er nimmt es und legt es auf den Sitz. Er hat nicht verstanden. Er raucht von neuem. Dann blickt er zum Auto

hinaus, auf beide Seiten. Er ist es, der als erster spricht.
»Wo sind wir?«
»Auf der Straße nach Madrid.«
Mehr sagt er nicht. Auch Maria nicht. Sie dreht sich nach vorn. Sie rauchen beide. Er ist als erster fertig. Sie gibt ihm noch eine Zigarette. Er zittert noch immer. Beim Schein des Streichholzes ist sein Gesichtsausdruck nichtssagend, reduziert auf die Bemühung, nicht zu zittern.
»Wohin wollen Sie?« fragt Maria.
Er antwortet nicht sofort. Wahrscheinlich sieht er sie zum ersten Mal an, von sehr weit, ohne das geringste Interesse. Doch hat er immerhin einen Blick auf sie gerichtet. Maria kann seine Augen nicht sehen, aber seinen Blick hat sie deutlich gesehen, als herrschte Tageslicht.
»Ich weiß nicht«, sagt Rodrigo Paestra.
Maria dreht sich wieder nach vorn. Dann hält sie es nicht mehr aus und dreht sich erneut zu ihm um. Sie hat den starken Wunsch, ihn zu betrachten. Der verstörte Gesichtsausdruck,

den er hatte, als er sie ansah, ist verschwunden. Bleibt nur das Auge. Und auf dem Auge hebt sich mechanisch das Lid, wenn er die Zigarette zum Mund führt. Nichts. Rodrigo Paestra hat nur noch die Kraft zu rauchen. Warum ist er Maria bis hierher gefolgt? Zweifellos ein Rest von Liebenswürdigkeit, Höflichkeit. Man wird gerufen und antwortet. Rodrigo Paestra, was ist er fortan? Maria verschlingt ihn mit dem Blick, verschlingt mit dem Blick dieses greifbare Wunder, diese schwarze Blume, die in dieser Nacht dem Wirrwarr der Liebe entsprossen ist.

Er hat ihr den Kopf mit einem Revolverschuß zerschmettert. Und seine Liebste liegt mit neunzehn Jahren tot in einer improvisierten Leichenhalle im Rathaus, immer noch nackt, nur in eine braune Decke gehüllt, die gleiche, die er auf dem Dach um sich gewickelt hatte. Dem andern ist die Kugel durchs Herz gegangen. Man hat sie getrennt.

»Wie spät ist es?« fragt Rodrigo Paestra.

Maria zeigt ihre Uhr, die er nicht ansieht.

»Halb drei vorbei.«

Die Augen betrachten von neuem die Kornfelder. Er hat sich zurückgelehnt, und Maria scheint es, sie habe in der Stille den Seufzer eines Mannes gehört. Dann hat sich wieder Stille ausgebreitet. Und die nicht enden wollende Zeit bis zur Dämmerung.
Es ist kalt. Hat der warme Wind, der vorhin in der Stadt wehte, jemals existiert? Eine Böe nach dem Gewitter, die längst vorüber ist. Die reifen, von den heftigen Regenfällen des Tages geplagten Kornfelder sind unbewegt.
Es herrscht eine Kälte, die plötzlich aus der Reglosigkeit der Luft entsteht und die Schultern und Augen angreift.
Rodrigo Paestra muß eingeschlafen sein. Sein Kopf ruht auf der Rückenlehne des Sitzes. Und sein Mund ist leicht geöffnet. Er schläft.
Etwas verändert sich an der Luft, die man einatmet, ein fahler Schimmer huscht über die Kornfelder. Seit wann? Seit wann schläft er? Ein Angriff beginnt irgendwo am Horizont, farblos, unregelmäßig, nicht einzudämmen. Ein Angriff beginnt irgendwo im Kopf, und im Körper eine wachsende Beklemmung, die sich

nicht auf die Erinnerung an eine bereits gewesene zurückführen läßt, sondern ihre eigene Natur zu ergründen sucht. Dennoch, dennoch ist der Himmel klar und blau, wenn man es nur will. Er ist es noch. Natürlich handelte es sich nur um eine zufällige Klarheit, um die vollkommene Illusion eines Stimmungswechsels, entstanden unter dem Einfluß einer unvermittelten Liebenswürdigkeit, die von weit her kam, die verschiedenen Müdigkeiten entsprang, sowie der Müdigkeit dieser Nacht. Vielleicht?

Nein. Es ist die Morgendämmerung.

Er schläft. Er schläft.

Noch weist die Morgendämmerung keine benennbare Farbe auf.

Rodrigo Paestra ist dabei zu träumen. Er befindet sich in jenem Zustand des Schlafs, der träumen läßt. Maria hat ihren Kopf dem seinen zugewandt, das Kinn auf der Rückenlehne, und sieht ihn an. Manchmal den Himmel, doch hauptsächlich ihn. Mit großer Aufmerksamkeit – wie ist das zu verstehen? Sie betrachtet Rodrigo Paestra. Ja, dort, er schläft gut, er überfliegt den ganzen Wirrwarr mit Flügeln eines Vogels. Man kann es sehen. Er, der nun so schwer ist, wird weit über diesen Wirrwarr hinausgetragen, und er willigt ein, ohne es zu wissen.

Jetzt, da er schläft, ist Maria der vollkommen leere Blick von Rodrigo Paestra entzogen.

Er hat eben im Schlaf gelächelt. Sie möchte beschwören, daß sich über seinem leicht geöffneten Mund ein Lächeln geformt hat, zitternd, täuschend ähnlich dem Lächeln der Lebensfreude. Andere Worte werden von der Morgendämmerung verbannt.

Zwischen seinen Schenkeln, neben seinem Geschlecht, zeichnet sich eine Waffe ab, ein Revolver. Die Decke liegt zu seinen Füßen, das Plaid neben ihm. Unnötig, ihn zuzudecken. Im übrigen will sie ihn ganz sehen, und für immer. Sie sieht ihn gut. Und wie gleichmäßig, wie gesund sein Schlaf ist.

Man muß vermeiden, den Kopf zum Himmel zu heben.

Es lohnt nicht. Denn über ihm steigt die Morgendämmerung auf. Das fahle Licht hat all-

mählich von seinem ganzen Körper Besitz ergriffen. Dieser Körper nimmt klare, deutliche Proportionen an. Er hat wieder einen Namen: Rodrigo Paestra.
Nun ist die Stunde gekommen, da die Falle zugeschnappt wäre.
Maria streckt sich, ein bißchen wie er, auf dem Vordersitz aus und schaut zu, wie die Morgendämmerung ihn erfaßt.
Plötzlich fällt ihr eine Kindheitserinnerung ein. Sie verscheucht sie. Während er noch immer träumt, wie er gestern geträumt hat.
Noch muß man warten. Und danach gilt es, ihn zu rufen.
Wie er sich rötet. Eine definitive Müdigkeit erfaßt das Land und Maria. Der Himmel färbt sich friedlich. Noch hat sie ein wenig Zeit. Ein Auto fährt auf der Nationalstraße Richtung Madrid. Maria sieht verstohlen zum Himmel, ihr gegenüber. Das rosa Licht, das ihn umhüllt, kommt vom Himmel. Die Stunde ist da, da die ersten aufbrechen. Das Auto, das nach Madrid fuhr, war ohne Zweifel vom Hotel aus gestartet. Sich schmerzhaft reckend, wie es nach einer

schlechten Nacht üblich ist, begrüßt Claire wohl, in einem immer noch düsteren Gang, das Licht des angebrochenen Tages, das über ihrer Liebe aufgeht. Und schläft wieder ein.
Er schläft. Maria richtet sich auf, holt aus dem vorderen Fach des Wagenschlags das Kognakfläschchen hervor. So auf leeren Magen getrunken, steigt der Alkohol in der Kehle auf, brennend, vertraut, eine Übelkeit erzeugend, die wach macht. Die Sonne. Dort am Horizont steht die Sonne. Die Kälte läßt mit einem Mal nach. Die Augen schmerzen. Es ist beinahe eine Stunde vergangen, seit er eingeschlafen ist. Die Sonne fährt über seinen Körper, dringt in seinen halboffenen Mund ein, und seine Kleider beginnen leicht zu dampfen, so wie ein schlecht gelöschtes Feuer raucht. Auch sein Haar dampft. Feine Rauchfäden eines verlassenen Feuers. Noch spürt er das Licht nicht. Seine Augen zittern kaum merklich. Doch seine Lider schließen sich über dem Schlaf. Er hat nicht mehr gelächelt.
Wäre es nicht besser, ihn ganz rasch zu rufen, so rasch wie möglich, damit es getan sei?

Maria greift erneut zum Kognakfläschchen, trinkt, legt es in das Fach zurück. Sie wartet noch. Sie hat es noch nicht getan. Sie hat Rodrigo Paestra noch nicht gerufen.
Dennoch, dennoch wäre es besser, wenn dieser Augenblick in Marias Leben möglichst rasch verginge, da Rodrigo Paestra im Rover erwachen wird, eine Unbekannte neben sich, mitten auf einem Feldweg. Es ist vorauszusehen, daß die Erinnerung ihn wenige Sekunden nach dem Erwachen heimsuchen wird. Er wird bestürzt sein, bis er begriffen haben wird, daß er geträumt hat. Maria müßte sich entscheiden, Rodrigo Paestra zu wecken.
Die Sonne ist halb über dem Horizont aufgegangen. Zwei, dann sechs Autos fahren auf der Straße in Richtung Madrid. Maria greift wieder zum Kognakfläschchen, nimmt einen weiteren Schluck. Diesmal ist die Übelkeit so groß, daß sie die Augen schließen muß. Danach beginnt sie leise zu rufen.
»Rodrigo Paestra.«
Er hat es nicht gehört. Die Augen haben gezittert und sich dann noch fester geschlossen. Die

Übelkeit vom Kognak hält an. Sie sollte sich übergeben. Maria schließt die Augen, um zu verhindern, daß sie sich übergibt, und um nicht sehen zu müssen.

»Rodrigo Paestra.«

Sie hat das Kognakfläschchen tastend ins Fach zurückgelegt und ihren Kopf nach hinten gelehnt.

»Rodrigo Paestra.«

Hinten muß sich etwas bewegt haben. Danach ist nichts geschehen. Er ist nicht aufgewacht. Maria richtet sich auf und sieht ihn diesmal an.

»Rodrigo Paestra.«

Er hat gezwinkert. Als die Übelkeit vorbei ist, beginnt Maria von neuem. Sie nimmt das Fläschchen, trinkt. Dieser Schluck ist kräftiger als der vorangegangene. Ob man davon in Ohnmacht fallen kann? Nein. Das trübt nur die Sicht, hindert einen daran, ruhig zu sprechen, macht einen schreien.

»Rodrigo Paestra. Rodrigo Paestra.«

Wieder verbirgt Maria ihren Kopf hinter der Rückenlehne des Vordersitzes.

Nun ist es wohl soweit. Das muß das Erwachen sein. Ein leiser Schrei, ein langer Seufzer ertönt aus dem hinteren Teil des Wagens.
Als Maria sich umdreht, ist der erste Augenblick des Erwachens vorüber. Er hat sich aufgerichtet und betrachtet mit seinen verklebten, blutunterlaufenen Augen das Korn, seine Kornlandschaft. Wundert er sich? Ja, er wundert sich noch, aber nur wenig. Jetzt wenden sich seine Augen vom Korn ab. Er sitzt immer noch da, mit aufgerichtetem Oberkörper, und schaut nichts mehr an. Er hat sich an alles erinnert.
»Ich muß ins Hotel zurück.«
Er schweigt. Maria hält ihm eine Zigarette hin. Er sieht sie nicht. Sie streckt sie näher zu ihm hin, doch er sieht sie noch immer nicht. Er beginnt nun, Maria zu betrachten. Als sie ihm sagte, sie müsse ins Hotel zurück, hat er seine braune Decke ergriffen und hat dann innegehalten. Er hat Marias Existenz entdeckt. Nicht zuletzt ihretwegen muß er sich erinnert haben.
Sie vermeidet es, allzu tief zu atmen, um sich

nicht zu übergeben. Um nicht den zweifellos letzten, bei Sonnenaufgang getrunkenen Schluck Kognak zu erbrechen, der in die Kehle steigt wie ein Seufzer, den man unablässig unterdrücken muß.
Er blickt sie an, blickt sie an, blickt sie an. Mit einem leeren Blick, mit einem Desinteresse, wie es bislang gar nicht vorstellbar schien. Was bemerkt er noch, während er Maria ansieht? Von welchem Erstaunen erholt er sich, während er sie entdeckt? Bemerkt er erst jetzt, daß er nichts mehr von Maria erwarten kann, weder von ihr noch von sonst jemandem? Daß dieses Morgenrot eine weitere Gewißheit entlarvt, die die Nacht verborgen hielt?
»Ich habe ein Kind im Hotel«, sagt sie, »deshalb muß ich zurück.«
Es ist vorbei. Er hat seine Augen von ihr abgewandt. Sie hält ihm wieder die Zigarette hin, die sie in der Hand behalten hat, er nimmt sie, und sie gibt ihm Feuer. Er ergreift die braune Decke auf dem Sitz.
»Hören Sie zu«, sagt Maria.
Vielleicht hat er es nicht gehört. Sie hat sehr

leise gesprochen. Er hat die Wagentür geöffnet, er ist ausgestiegen, da steht er jetzt neben dem Auto.

»Hören Sie zu«, sagt Maria. »Die Grenze ist nicht sehr weit. Wir werden es versuchen.«

Er steht auf dem Weg und blickt wieder um sich, auf seine Kornlandschaft. Dann kommt er zurück, erinnert sich, schließt die Wagentür. Er erinnert sich. So hat er in der Nacht bereitwillig auf die Anrufung seines Namens geantwortet. Er war liebenswürdig, gestern. Die Sonne ist blendend hell und zwingt ihn, die Augen zusammenzukneifen.

»Wir können es versuchen«, wiederholt Maria.

Er macht mit dem Kopf eine sehr langsame, abweisende Bewegung, die besagt, daß er keine Meinung habe.

»Am Mittag«, sagt Maria. »Am Mittag werde ich dasein, ich werde zurückkommen. Am Mittag.«

»Am Mittag«, wiederholt Rodrigo Paestra.

Mit ihren Fingern zeigt sie auf die Sonne und streckt die geöffneten Hände zu ihm aus.

»Am Mittag, am Mittag«, sagt sie noch einmal.
Er neigt den Kopf. Er hat es gehört. Dann dreht er sich um und hält Ausschau nach einem Ort auf dieser Kornfläche, auf dieser weiten Fläche, wo er sich hinlegen, verbergen könnte. Die Sonne ist ganz über dem Horizont aufgegangen und trifft ihn mit voller Wucht, sein Schatten auf dem Korn ist vollkommen, lang.
Womöglich hat er einen Ort gefunden, um sich von seiner Müdigkeit zu erholen. Er entfernt sich auf dem Weg. Neben sich schleift er die Decke nach, die er mit der Hand hält. Seine Füße stecken barfuß in geflochtenen Sandalen. Er trägt keine Jacke, sondern nur ein dunkelblaues Hemd, wie alle Männer seines Dorfs.
Er geht auf dem Weg, hält inne, als zögerte er, dringt dann, etwa zwanzig Meter vom Rover entfernt, in das Kornfeld ein und wirft sich, wie vom Blitz getroffen, plötzlich zu Boden. Maria wartet. Er steht nicht auf.
Als sie sich wieder auf der Nationalstraße befindet, weit vom kühlen Lehmboden der Kornfelder, ist die Hitze bereits spürbar. Sie wird bis

Mittag unweigerlich zunehmen und den ganzen Tag bis zur Abenddämmerung anhalten. Das ist bekannt.
Die Sonne im Nacken, kehrt die Übelkeit quälend wieder. Indem sie sich mit den Händen ans Lenkrad klammert, kämpft Maria gegen den Schlaf. Während sie ihn zu überwinden glaubt, dämmert sie vor sich hin. Dennoch nähert sie sich dem Hotel.
Da ist die Werkstatt.
Da sind die Garagen.
Und bereits einige Bauern. Die Autos in Richtung Madrid sind noch nicht zahlreich.
In dem Augenblick, da Maria glaubt, nicht mehr gegen den Schlaf ankämpfen zu können, hilft ihr die Erinnerung an Judith, den Stadtrand zu erreichen, dann die Stadt. Und schließlich den Platz.
Noch immer gibt es hier Polizisten. Die, die Nachtdienst hatten, schlafen wohl. Im vollen Tageslicht wirken die Polizisten niedergeschlagen. Sie gähnen. Sie haben immer noch schlammige Schuhe, zerknitterte Kleider, doch sie pfeifen weiterhin an allen Ecken und Enden der

Stadt. Müde bewachen sie vor dem Rathaus die beiden Opfer des gestrigen Mords.
Das Hoteltor ist offen. Der junge Nachtwächter ist von einem alten Mann abgelöst worden. Im Schuppen gibt es genügend Platz. Die Autos kamen tatsächlich aus dem Hotel. Maria geht durch das Tor und um das Hotel herum, auf der Straße, wo sie in der Nacht Rodrigo Paestra kennengelernt hat. Das Gehen bereitet ihr Mühe, weil sie viel Kognak getrunken hat, doch die Straße ist leer, und niemand sieht sie.
Im Gang gibt es genügend Platz. Die Übelkeit ist so groß, daß sie sich zuerst neben ihr Kind legen muß, um Mut zu fassen und weiterzusehen. Die braune Decke ist noch von Judith angewärmt. Jemand hat die Gangtür geschlossen, die auf den Balkon geht, so daß der Gang noch kühl und still ist. Welche Ruhe. Judith dreht sich in einem unvermindert glücklichen Schlaf um. Maria ruht sich aus.
Die beiden sind noch immer da. Sie schlafen noch. Seit sie den Gang verlassen hat, sind zwei Stunden vergangen. Es ist sehr früh. Vier Uhr

morgens. Im Schlaf sind sie offenbar näher zueinander gerückt, ohne sich dessen bewußt zu sein. Pierres Wange berührt einen Fußknöchel Claires. Sein Mund streift ihn. Claires Fußknöchel ruht in Pierres offener Hand. Würde er diese Hand schließen, hätte der ganze Fußknöchel dieser Frau darin Platz. Doch Maria schaut umsonst, es kommt nicht dazu. Sie schlafen tief.

VI

»Maria.«
Maria wacht auf. Es ist Pierre, der sie ruft. Er lächelt über den ausgiebigen Schlaf. Er lehnt sich an die Wand und betrachtet sie.
»Es ist zehn Uhr«, entschuldigt er sich. »Alle sind weg.«
»Judith?«
»Sie spielt im Hof. Es geht ihr gut.«
Der Gang um Maria herum ist leer. Die Balkontür steht offen, und das Sonnenlicht fällt schräg in den Gang. Es liegt auf dem roten Boden, blendend hell, wie tags zuvor, und spiegelt sich auf Pierres Gesicht. Maria wird wieder von Übelkeit erfaßt. Sie richtet sich auf und legt sich wieder hin.
»Eine Minute, und ich stehe auf.«
Am Ende des Gangs tragen Kellner schon Tabletts mit kühlen Getränken herum. Die Zimmertüren stehen offen. Mehrere Frauen singen, während sie die Betten machen. Die Hitze ist schon spürbar.

»Ich habe gebeten, daß man dich schlafen läßt«, sagt Pierre. »Doch in einigen Minuten hätte dich die Sonne erreicht.«
Er betrachtet sie genau. Sie hat eine Zigarette genommen, versucht sie zu rauchen und wirft sie fort. Trotz der Übelkeit lächelt sie Pierre zu.
»Morgens kommt es mich hart an«, sagt sie. »Aber ich stehe jetzt auf.«
»Willst du, daß ich dableibe?«
»Daß du im Speisesaal auf mich wartest, das Wachwerden der Alkoholiker muß sich in der Einsamkeit abspielen.«
Sie lächeln beide. Pierre geht weg. Maria ruft ihn.
»Wo ist Claire?«
»Unten, mit der Kleinen.«
Als es ihr gelingt aufzustehen und den Speisesaal zu erreichen, dampft eine Tasse Kaffee auf dem Tisch, an dem Pierre sitzt. Pierre weiß, was Maria an bestimmten Morgen braucht. Er läßt sie trinken, den ganzen Kaffee ruhig austrinken. Und sich dann strecken, strecken, mit den Händen in die Haare fahren, rauchen.

»Es geht besser«, sagt sie.
Zwei Tische sind noch besetzt, sonst sind sie die einzigen im Speisesaal, der wieder vollkommen ordentlich und sauber ist. Die Tische sind schon für das Mittagessen gedeckt, weiß. Ein großes graubraunes Segeltuch ist unter dem Glasdach ausgespannt worden, das nachts so blau geleuchtet hat; es dämpft das Sonnenlicht. Hier ist die Hitze erträglich.
»Du hast heute nacht getrunken, Maria«, bekräftigt Pierre.
Sie fährt sich mit der Hand übers Gesicht. Wenn sie die Hände auf dem Gesicht hat, spürt sie, weiß sie, daß sie schön war, daß sie jedoch dabei ist, ihre Schönheit zu verlieren. Aufgrund der Art, wie sie sich mit den Händen übers Gesicht fährt, schonungslos, weiß sie, daß sie akzeptiert hat, mitgenommen auszusehen, für immer. Sie gibt Pierre keine Antwort.
»Eine Frage des Willens, wie gesagt«, fährt Pierre fort. »Du könntest weniger trinken, zumindest am Abend.«

Maria trinkt in langen Zügen den Kaffee aus.
»Ach, es ist gut so«, sagt sie. »Eine schlechte Stunde am Morgen, dann ist es vorbei.«
»Diese Nacht habe ich dich gesucht. Der Wagen war weg. Der Wächter sagte mir, du seist ausgefahren. Da war es mir klar.«
Er erhebt sich ein wenig und streichelt ihr seinerseits das Haar.
»Maria, Maria.«
Sie lächelt nicht. Er läßt seine Hand einen Augenblick auf ihrem Haar ruhen und zieht sie dann zurück. Er weiß, warum Maria nicht gelächelt hat.
»Ich nehme eine Dusche«, sagt sie, »und dann können wir, wenn du willst, fahren.«
Da ist Claire. Sie hält Judith an der Hand. Sie kommen herein. Claire trägt ein blaues Kleid. Als sie hereinkommt, schaut sie zuerst Pierre an. Das Begehren, das sie für Pierre empfindet, sieht man ihr schon beim Hereinkommen an, es verdoppelt sie wie ihr Schatten. Es war, als schreie sie. Doch wendet sie sich an Maria.

»Bist du in der Nacht weg gewesen?«
Maria sucht nach einer Antwort, kann sie aber nicht finden. Sie versinkt in der Betrachtung von Claire.
»Wir sind in der Nacht aufgeweckt worden«, fährt Claire fort, »man glaubte, Rodrigo Paestra gefunden zu haben. Alle waren am Fenster. So ein Durcheinander! Wir haben dich sehr gesucht.«
Was haben sie wohl getan, als sie nachts bemerkten, daß sie nicht mehr da war? Als sie bemerkten, daß sie nicht zurückkam, daß der Rover nicht zurückkam, als die Kinder eingeschlafen waren und das Hotel wieder still geworden war, zuerst der Gang, und allmählich das ganze Hotel? Ist es geschehen?
»Ich war mit der Polente zusammen«, sagt Maria. »Ich trank mehrere Manzanillas mit der Polente. Im Café von gestern abend.«
Claire lacht. Auch Pierre lacht, aber weniger als Claire.
»Ach, Maria«, seufzt Claire. »Maria, Maria.«

Sie lieben Maria. Claires Lachen ist nicht ganz das übliche. Es ist durchaus denkbar, daß sie aneinandergeschmiegt auf die Rückkehr des Rover gelauert, daß sie sich im Dunkel des Ganges umschlungen haben, während sie warteten. Wer weiß?

»Judith«, sagt Maria.

Sie nimmt sie mit beiden Armen und sieht sie an. Ein kleines Mädchen, das in dieser Nacht gut geschlafen hat. Die Augen sind blau. Die Schatten der Angst unter den Augen sind verschwunden. Maria stößt sie von sich, schiebt sie weg. Er muß im Kornfeld sein. Er schläft. Der Schatten der Halme ist zart, und langsam wird ihm heiß. Wen würde man letzten Endes retten, wenn man Rodrigo Paestra rettete?

»Heute morgen beim Frühstück war sie nicht satt zu kriegen«, sagt Claire. »Eine kühle Nacht, und sie ist nicht satt zu kriegen.«

Judith ist zu Maria zurückgekehrt. Maria nimmt sie wieder in die Arme, sieht sie an und läßt sie los, indem sie sie beinahe umstößt. Judith ist es gewohnt. Sie läßt sich von ihrer

Mutter ansehen und umstoßen, sooft diese es will, dann geht sie davon, läuft kreuz und quer durch den Speisesaal und singt.

»Wir sollten nicht zu spät in Madrid ankommen«, sagt Claire. »Möglichst vor Einbruch der Nacht. Wegen der Zimmer.«

Maria besinnt sich, entfernt sich, geht zum Büro. Die Badezimmer sind frei. Die Dusche tut gut. So vergeht Zeit. Maria betrachtet ihren nackten, einsamen Körper. Wen würde man letzten Endes retten, wenn man Rodrigo Paestra nach Frankreich entführte? Er schläft in einem Meer von Korn. Das Wasser fließt über die Brüste und den Bauch, wohltuend. Maria wartet, wartet, während die Zeit fließt und unerschöpflich das Wasser. Rodrigo Paestra wird mildernde Umstände bekommen, das versteht sich. Rodrigo Paestras Eifersucht gegenüber Perez wird in Betracht gezogen werden. Was kann man für Rodrigo Paestra mehr tun, als diese Eifersucht zu berücksichtigen, die ihn zum Töten veranlaßt hat?

Im Speisesaal wartet nur Claire auf Maria.

»Pierre zahlt die Rechnung«, sagt sie. »Und dann fahren wir.«
»Wie schön du bist«, sagt Maria. »Claire, du bist sehr, sehr schön.«
Claire senkt den Blick. Sie hält sich zurück, dann sagt sie es.
»Als sie die Suche nach diesem armen Kerl beendet hatten, wenig später, fuhren die ersten Autos los. Unmöglich, wieder einzuschlafen. Ich will nur sagen, es war schwierig. Na ja.«
»Wieviel Uhr war es?«
»Es war noch Nacht, ich weiß es nicht genau. Sie pfiffen in der ganzen Stadt. Dort drüben fielen plötzlich Ziegel herab, bestimmt der Wind. Sie waren in heller Aufregung. Wir sind erst spät wieder eingeschlafen.«
»So spät?«
»Ich glaube, die Sonne ging schon auf. Ja. Liegend konnte man den Himmel sehen. Pierre und ich haben uns unterhalten, bis es hell wurde, glaube ich.«
Claire wartet. Maria beharrt nicht. Judith kommt zurück. Claire liebt Judith, Pierres Kind.

»Es wird nie mehr ein Gewitter geben«, sagt Claire zu Judith. »Du brauchst keine Angst zu haben.«

»Nie mehr?«

Man verspricht es ihr. Sie setzt ihren Spaziergang durch die Hotelflure fort. Pierre ist zurückgekommen. Er sei bereit, sagt er. Er habe die Rechnungen beglichen. Er entschuldigt sich, daß er sie habe warten lassen. Dann schweigt er. Claire sieht ihn diesen Morgen nicht an. Sie hält den Blick gesenkt, während sie raucht. Sie sind wohl nicht zusammengekommen, auch nicht vor der Dämmerung, im Dunkel der Gänge. Maria hat sich geirrt. Wenn sie sich nicht mehr wie am Vorabend ansehen, wenn sie es vermeiden, dann weil sie sich ganz leise ihre Liebe gestanden haben, als der Himmel über den Kornfeldern rosig wurde und mit diesem Morgenrot die Erinnerung an Maria zurückkehrte, schmerzlich, abscheulich, angesichts der Gewalt ihrer neuen Liebe. Was sollten sie mit Maria tun?

»Wir müssen uns trotzdem San Andrea anschauen«, sagt Pierre. »Drei Goyas. Und sei es auch nur, um später nichts zu bereuen.«

Gäste kommen herein. Frauen. Pierre beachtet sie nicht.

»Ich bin müde«, sagt Maria. »Ich werde auf euch warten.«

»Was hast du getrunken?« fragt Claire.

»Kognak, die ganze Flasche. Ich werde im Auto auf euch warten. Gegen Mittag geht es dann besser.«

Sie haben einen Blick gewechselt. Sie müssen auch darüber gesprochen haben in dieser Nacht, und einmal mehr gewünscht haben, daß Maria Vernunft annehme. Ihrem Glück zuliebe gewünscht haben, daß sie weit von ihnen beschäftigt sei, und zwar nicht mit ihrem neuen Unglück.

Sie gehen hinunter. Die Kühle des Bades verflüchtigt sich, und als Maria den Hof erkennt, kehrt die Müdigkeit gleichsam schicksalhaft wieder. Es würde einer gewaltigen Anstrengung bedürfen, um Rodrigo Paestra seinem Kornbett zu entreißen. Sie müßte es ihnen sagen, müßte ihrem erwachenden Begehren entgegenwirken und Madrid aufgeben, wo sich heute abend ihre Liebe vollziehen dürfte. Maria sieht ihnen zu, wie sie die Sachen ins Auto packen – sie hilft ihnen nicht –, und sie lachen bei dieser kleinen Strapaze, die Maria zum Stöhnen brächte.

Sie ist vorn, neben Pierre. Claire, hinter ihr, faltet, ohne zu fragen, das Plaid zusammen, das auf dem Sitz herumlag. Maria schaut ihr kommentarlos zu. Der Weg in die Stadt ist derselbe, den Maria in der Nacht genommen hat. Es ist elf Uhr. Auf dem Platz halten noch immer vier Polizisten Wache, wie Maria erschöpft von der nächtlichen Fahndung. Die Kirche San Andrea befindet sich auf dem Platz. Wie das Rathaus. Die Körper der Ermordeten müssen noch dort sein. Bewacht.

»Sie haben ihn nicht gefaßt«, sagt Pierre.

Er parkt das Auto im Schatten, gegenüber dem Café, das nachts geöffnet war. Wieder eine Kirche. Wieder drei Goyas. Wieder Ferien. Wozu, wozu soll man Rodrigo Paestra retten? Wie wird diesmal das schlechte Erwachen Rodrigo Paestras sein? Diesen Körper aus dem Korn

zerren, ins Auto verfrachten, mit einer Unerbittlichkeit, die dem Begehren Claires entgegenwirkt. Es ist zehn nach elf.
»Ich bin wirklich sehr müde«, sagt Maria, »ich bleibe hier.«
Claire ist ausgestiegen, Judith folgt ihr. Pierre läßt die Wagentür offen und wartet auf Maria.
»Zehn Minuten«, sagt er, »das schaffst du, Maria, komm.«
Sie will nicht. Er schließt die Wagentür. Sie entfernen sich alle drei in Richtung San Andrea. Sie betreten die Kirche. Maria sieht sie nicht mehr.
Bald ist Mittag, und Rodrigo Paestra wird einsehen, daß er im Stich gelassen worden ist. Maria schließt einen Moment die Augen. Erinnert sie sich an ihn? Ja. An den Blick erinnert sie sich, der auf die Kornfelder gerichtet war, ohne diese zu erkennen, an den andern Blick beim Erwachen, in der Sonne. Als sie die Augen öffnet, bestaunen zwei Kinder den Rover. Sie kommen nicht zurück. Sie müssen noch anderes gesehen haben, nicht nur die Goyas, irgend-

ein Bild eines frühen Malers. Hand in Hand betrachten sie zusammen andere Landschaften. Durch offene Fenster sieht man in der Ferne Täler, Wälder, ein Dorf, eine Herde. Wälder in der Dämmerung zwischen reizenden Engeln, Herden, auf einem Hügel ein rauchendes Dorf, und das Lüftchen, das zwischen diesen Hügeln weht, ist Liebeswonne. Ein See in der Ferne ist blau wie deine Augen. Hand in Hand betrachten sie sich. Ich habe erst jetzt bemerkt, sagt er zu ihr, daß deine Augen im Dunkel noch blauer sind. Wie dieser See.
Maria hat das Bedürfnis, sich zu bewegen, einen Manzanilla zu trinken in dieser Bar dort, genau gegenüber dem Wagen. Das Zittern der Hände hat begonnen und die Vorstellung von Alkohol in Kehle und Körper, die ebenso stark ist wie die Vorstellung eines Bades. Wenn sie nicht zurückkommen, wird sie in diese Bar gehen.
Sie kommen zurück. Zwischen ihnen hüpft Judith.
»Es gab nicht nur Goyas«, sagte Pierre. »Du hättest mitkommen sollen.«

Claire öffnet die Wagentür. Maria hält sie zurück. Pierre ist neben ihr.

»In der Nacht«, sagt Maria, »als ihr schlieft, habe ich den Mann entdeckt, den die Polizei sucht, Rodrigo Paestra.«

Claire wird sehr ernst. Sie wartet eine Sekunde.

»Du hast wieder getrunken, Maria«, sagt sie.

Pierre rührt sich nicht.

»Nein«, sagt Maria. »Ein Zufall. Er war auf dem Dach, das sich gegenüber dem Hotelbalkon befindet. Ich habe ihn weggebracht, vierzehn Kilometer von hier, auf der Straße nach Madrid. Ich habe ihm gesagt, daß ich am Mittag zurückkommen werde. Er hat sich in das Kornfeld gelegt. Ich weiß nicht, was wir tun sollen, Pierre. Pierre, ich weiß ganz und gar nicht, was wir tun sollen.«

Pierre nimmt Marias Hand. Der Stille nach zu urteilen, die auf ihre Worte folgt, muß sie geschrien haben.

»Ich bitte dich, Maria.«

»Es ist die Wahrheit.«

»Nein«, sagt Claire. »Nein, das ist nicht wahr,

ich möchte schwören, daß es nicht wahr ist.«

Sie hat sich etwas vom Wagen entfernt, sie steht da in einer Erhabenheit, die Maria veranlaßt, den Blick zu senken.

»Ich glaube, es ist ihm gleich, ob wir kommen oder nicht«, sagt Maria. »Es ist ihm vollkommen gleich. Wir können ebensogut nicht hingehen. Es ist mir sogar lieber, wenn wir nicht hingehen.« Pierre versucht zu lächeln.

»Aber das kann doch nicht wahr sein?«

»Doch. Die Stadt ist ganz klein. Er war auf dem Dach, das sich gegenüber dem Hotelbalkon befindet. Die Chance war eins zu zigtausend, aber es ist wahr.«

»Am Morgen hast du nichts gesagt«, sagt Claire.

»Warum hast du nichts gesagt, Maria? Warum?«

Warum? Claire entfernt sich mit Judith vom Auto. Sie will Marias Antwort nicht hören.

»Auch ein Zufall«, sagt Maria zu Pierre, »als ich ihn zum ersten Mal sah, warst du mit Claire auf einem andern Hotelbalkon.«

Maria sieht Claire zurückkommen.

»Erst sehr viel später, als ihr beide schon schlieft, war ich sicher, daß es sich um Rodrigo Paestra handelte. Es war sehr spät.«

»Ich wußte es«, sagt Pierre.

Menschen stehen auf dem Platz. Sie betrachten Claire, wie sie langsam auf den Rover zugeht.

»Ich habe es dir gesagt«, fährt Maria fort, »nachdem wir aufgehört haben zu sprechen. Aber du schliefst.«

»Ich wußte es«, wiederholt Pierre.

Claire ist wieder da.

»Also wartet er auf dich?« fragt sie ganz leise.

Sie ist plötzlich wieder sanft geworden. Sie ist bei Pierre, näher denn je bei Pierre. Drohend, aber besonnen. Pierre hört Marias Erzählung bereits aufmerksam zu.

»Ach, ich weiß nicht«, sagt Maria. »Ich glaube, es ist ihm gleichgültig.«

»Zwanzig nach elf«, sagt Pierre.

»Ich habe keinerlei Lust hinzugehen«, sagt Maria. »Macht, was ihr wollt.«

»Wohin?« fragt Judith.

»Nach Madrid. Wir können in eine andere Richtung fahren.«
Die Polizisten kreisen von neuem um den Platz, mit müdem Schritt. Die Hitze ist bereits drückend wie am Mittag und reibt sie auf. Die Straßen sind von der Sonne schon getrocknet. Zwei Stunden haben genügt, daß es in den Rinnsteinen keinen Tropfen Wasser mehr gibt.
»Das Plaid«, sagt Claire, »war es das?«
»Ja. Ach, ich habe vor allem Lust, einen Manzanilla zu trinken. Vor allem.«
Sie lehnt sich auf dem hinteren Sitz zurück und sieht, wie sie sich anblicken. Wie sie dann auf dem Platz nach einem offenen Café Ausschau halten. Sie werden ihr immer erlauben zu trinken, sie werden sie immer schützen in ihrem Bedürfnis zu trinken, immer.
»Komm«, sagt Pierre.
Sie gehen in das Café vom Vortag. Der Manzanilla ist eisgekühlt.
»Warum hast du den Kognak getrunken?« fragt Claire. »Kognak am Abend ist für dich das Allerschädlichste.«

»Eine irre Lust«, sagt Maria.

Sie bestellt einen weiteren Manzanilla. Sie lassen sie gewähren. Auch Pierre denkt nur noch an Rodrigo Paestra. Er hat den Kellner um eine Zeitung gebeten. Auf der Titelseite befindet sich ein schlechtes Paßbild von Rodrigo Paestra. Auch die zwei andern Fotos sind da. Das von Perez. Und das einer sehr jungen Frau mit rundem Gesicht und dunklen Augen.

»Sie waren erst acht Monate verheiratet«, sagt Pierre.

Claire nimmt ihm die Zeitung aus der Hand, liest sie und wirft sie auf einen Stuhl. Der Kellner des Cafés kommt an den Tisch. Er zeigt mit dem Finger auf die Polizisten.

»Ein Freund von mir, Rodrigo Paestra«, sagt er lachend und macht mit der Hand ein Zeichen, daß sie ihn noch lange suchen können.

»Sie haben den Herrn nicht erwischt«, sagt Judith.

»Noch einen Manzanilla«, verlangt Maria.

Pierre hat sie nicht daran gehindert, ihn zu bestellen. Normalerweise hätte er es getan. Er läßt sie einen dritten Manzanilla trinken. Er schaut auf seine Uhr. Judith, auf Claires Knien, ist aufmerksam. Der Kellner hat sich entfernt.

»Hast du gesagt, am Mittag?«

»Ja. Er hat das Wort wiederholt. Er hat gesagt: am Mittag. Aber ohne daran zu glauben.«

Auch Pierre hat ein Glas Manzanilla bestellt. Und bereits drei für Maria. Sie lächelt.

»Das ist sonderbar und neu«, sagt sie.

»Wirst du uns alles erzählen, Maria?« fragt Claire.

Maria lächelt noch mehr. Da mischt sich Pierre ein.

»Du hörst jetzt auf zu trinken«, sagt er.

Er zittert ein wenig, als er sein Glas Manzanilla ergreift. Maria verspricht aufzuhören. Claire hat Rodrigo Paestra vergessen und kann von neuem nicht widerstehen, Pierre nicht aus den Augen zu lassen. Die Sonne hat den Bogengang mit den Balustraden erreicht. Der ganze Platz versinkt allmählich in der Ruhe der Tagesmitte.

»Aber sie«, sagt Maria, »sie waren erst am Anfang ihrer Liebe.«

Pierre ergreift ihre Hand und drückt sie. Doch Maria zeigt auf das Rathaus.
»Dort ist seine Frau«, sagt sie. »Und mit ihr Perez. Die Schicklichkeit verlangte, daß sie im Tod getrennt wurden.«
»Maria«, ruft Pierre.
»Ja. Ich habe gesagt: vielleicht zur Grenze. Er hat nicht geantwortet. Welch eine Geschichte, welch eine Geschichte!«
Schon umgibt sie die Einsamkeit des Alkohols. Noch weiß sie, in welchem Augenblick sie aufhören muß zu reden. Sie wird aufhören.
»Das ändert immerhin manches.«
Der Kellner kommt zurück. Sie verstummen. Pierre bezahlt die Manzanillas. Ob sie nach Madrid fahren, fragt der Kellner. Sie wissen es nicht. Sie sprechen vom Gewitter. Ob sie gestern unterwegs gewesen seien. Sie antworten einsilbig, und der Kellner beharrt nicht.
»Würdest du den Ort wiedererkennen?« fragt Pierre.
»Ich werde ihn wiedererkennen. Aber die Ferien?«
»Es gibt keine Wahl«, sagt Pierre, »falls das eine

Frage an mich sein soll. Du hast uns in eine Situation gebracht, in der wir keine Wahl mehr haben.«

Er hat ohne Bitterkeit gesprochen. Er lächelt. Claire schweigt.

»Wenn ich von Ferien sprach«, sagt Maria, »habe ich vor allem an euch gedacht. Nicht an mich.«

»Wir wußten es«, sagt Claire endlich.

Maria erhebt sich. Sie steht aufrecht vor Claire, die reglos dasitzt.

»Ich kann nichts dafür«, sagt sie ganz leise, »nichts. Niemand kann etwas dafür. Niemand. Niemand. Das wollte ich sagen. Ich habe mir nicht ausgesucht, diesen Mann auf den Dächern zu entdecken, heute nacht. Du hättest es genauso gemacht wie ich, Claire.«

»Nein.« Maria setzt sich wieder.

»Wir gehen nicht hin«, erklärt sie. »Erstens können wir ihn nicht verstecken, er ist sehr groß, ein Riese, und selbst wenn wir es fertigbrächten, wäre es ihm dermaßen gleichgültig, daß unser Versuch vollkommen zwecklos, ja sogar lächerlich wäre. Von Rodrigo Paestra ist nur die Haut zu retten. Claire, du fährst nach Madrid. Ich tue keinen Schritt. Außer in Richtung Madrid.«

Claire klopft auf den Tisch. Pierre ist aufgestanden.

»Ich tue keinen Schritt«, wiederholt Maria. »Ich bestelle einen Manzanilla.«

»Fünfundzwanzig Minuten vor zwölf«, sagt Pierre.

Er verläßt das Café und geht zum Auto. Judith läuft hinter ihm her. Claire blickt ihm nach.

»Komm, Maria.«

»Ja.«

Sie nimmt sie am Arm. Und Maria erhebt sich. Nein, sie habe nicht viel getrunken. Sie habe etwas zu rasch nach dem Kognak getrunken, aber das gehe vorbei.

»Das geht vorbei«, sagt sie zu Claire. »Mach dir keine Sorgen.«

Pierre ist zurückgekommen. Er zeigt auf Judith, die bereits hinten im Auto sitzt.

»Judith?« fragt er.

»Ach, sie ist noch sehr klein«, sagt Maria. »Es genügt, wenn wir etwas achtgeben.«

Sie verlassen langsam den Platz. Die Stadt ist ruhig. Die Polizisten haben sich der Müdigkeit ergeben und schlafen auf dem Gesims der Balustraden.
»Es ist einfach«, sagt Maria. »Du nimmst die Straße nach Madrid. Dort, gegenüber.«
Das ist die Straße nach Madrid. Die größte Straße Spaniens. Gewaltig, schnurgerade.
Die Stadt ist nach dem Platz noch nicht zu Ende. Eine Patrouille kehrt zurück, völlig aufgelöst, im Gänsemarsch. Sie beachten den schwarzen Rover nicht mehr. Sie haben seit dem Morgen schon etliche andere gesehen. Das ausländische Nummernschild veranlaßt sie nicht mehr, sich umzudrehen.
Keiner von ihnen beachtet den Rover.
Da ist eine Garage. Eine einzelne Garage. Maria hatte zwei gezählt.
»Als ich hinfuhr«, sagt Maria, »war ich beschäftigt. Als ich zurückfuhr, war ich betrunken. Aber ich werde mich trotzdem erinnern. Da gab es noch eine Garage.«
»Es ist die Straße nach Madrid«, sagt Pierre. »Du kannst nicht fehlgehen.«

Da ist die andere Garage. Pierre fährt fast ebenso langsam wie sie in der Nacht.

»Dann kommt eine Art Werkstatt, ziemlich groß und alleinstehend.«

»Da ist sie. Mach dir keine Sorgen«, sagt Pierre.

Er spricht sanft. Ihm ist sehr heiß. Vermutlich hat er Angst. Niemand dreht sich zu Claire um, die schweigt.

Da ist die Werkstatt. Sie ist offen. Das Geräusch einer mechanischen Säge erfüllt die glühend heiße Luft.

»Dann kommen, glaube ich, Häuser, sehr kleine Häuser.«

Da sind sie, niedrig, und die Kinder auf den Tormauern betrachten die Autos. Sie fragen sich nicht mehr nach der Zeit. Es ist vor Mittag. Bald nach den Häusern gibt es keinen Schatten mehr auf dem Land, außer dem fliehenden Schatten der Vögel.

Das Korn bietet keinerlei Hilfe. Kein Anhaltspunkt weit und breit. Nichts als Korn in einem gleißenden Licht.

»Ich bin lange durch diese Felder gefahren«,

sagt Maria. »Vierzehn Kilometer, wie ich dir gesagt habe.«

Pierre sieht auf den Kilometerzähler. Mit leiser Stimme berechnet er die zurückgelegte Distanz.

»Noch fünf«, sagt er, »fünf Kilometer, und wir sind da.«

Sie betrachten intensiv die Landschaft, die sich zum Horizont hin leicht wellt. Der Himmel ist gleichförmig grau. Telegraphendrähte säumen die Straße von Madrid, soweit das Auge reicht. Es gibt wenig Autos in dieser Hitze.

»Hat die Straße eine Kurve gemacht?« fragt Pierre.

Sie glaube, sich an eine Kurve zu erinnern, ja, doch habe sie diese nicht genommen. Und dann erinnere sie sich an die gerade Straße bis zum Feldweg.

»Es ist alles in bester Ordnung«, sagt Pierre. »Da kommt die Kreuzung. Schau, hier links. Schau her, Maria.«

Er spricht zweifellos so ruhig wegen Judith. Vielleicht auch wegen Claire. Judith singt, ausgeruht und friedlich.

»Die Hitze hat ihn umgebracht, es ist aus«, sagt Maria.
Die Straße steigt leicht an.
»Erinnerst du dich? Erinnerst du dich an diese Steigung?«
Sie erinnert sich. Die Straße steige in der Tat ganz leicht an, zu einem Hügelkamm, wo sich die Straßen verzweigten, ein Weg gehe links ab, man werde ihn von oben sehen, desgleichen neue Kornfelder, immer neue und neue.
»Das ist dumm. Das ist idiotisch«, schreit Maria.
»Nein«, sagt Pierre, »aber nein.«
Da sind die neuen Kornfelder. Sie sind weniger gleichförmig als die vorangegangenen. Sie sind mit riesigen Blumen in leuchtenden Farben übersät. Claire ist es, die das sagt.
»Hier hat die Ernte begonnen«, sagt sie.

VII

»Das ist die Hölle«, schreit Maria.
Pierre bringt den Rover zum Stillstand. Judith hört zu und versucht zu verstehen. Doch sie schweigen, und sie kommt auf andere Gedanken.
»Schau jetzt«, sagt Pierre. »Maria, ich bitte dich.«
Der Weg führt links ab, direkt ins Innere des Tals. Er ist noch verlassen.
»Das ist der Weg«, sagt Maria. »Die Schnitter sind weit, gut fünfhundert Meter links und rechts vom Weg entfernt. Sie werden ihn nicht vor dem Abend erreichen. Siehst du, Claire.«
»Selbstverständlich«, sagt Claire.
Plötzlich erkennt Maria diesen Weg genau, seine sanfte, so sanfte Biegung, seine exakte Breite, seine besondere Art, in die Kornfelder einzutauchen, und selbst sein Licht. Sie nimmt das Kognakfläschchen aus dem Türfach. Pierre unterbricht ihre Geste mit dem Arm. Sie stellt das Fläschchen zurück, beharrt nicht.

»Er hat sich ins Kornfeld gelegt«, sagt sie, »bestimmt dort vorn – sie zeigt auf einen vagen Ort –, um die Mittagsstunde abzuwarten. Es ist schon so lange her, wo mag er wohl sein?«

»Wer?« fragt Judith.

»Ein Herr«, sagt Claire, »der mit uns nach Madrid fahren sollte.«

Pierre fährt langsam an. Nach einigen Metern auf der Madrider Straße biegt er, immer noch langsam, in den Feldweg ein. Man sieht die Radspuren eines Autos, verflochten mit denen der Wagen.

»Die Räder des Rover«, sagt Pierre.

»Siehst du, siehst du«, sagt Maria. »Das Korn dürfte zu dieser Stunde keine Schatten werfen. Er ist vor Hitze gestorben.«

Die Hitze ist sehr groß. Schon ist der Weg ausgetrocknet. Die Radspuren der Wagen und des Rover bleiben dort bis zum nächsten Gewitter eingeprägt.

»Ach, ist das dumm«, sagt Maria. »Es war da. Es ist da.«

Es ist kurz nach Mittag, nur wenig darüber. Die vereinbarte Stunde.

»Sei still, Maria«, sagt Claire.
»Ich bin still.«
In den Feldern haben sich hier und dort die »Blumen« aufgerichtet, in den großen Rechtecken aus Korn, begrenzt von den Feldwegen, die alle sanft ins Tal hinabführen. Sie betrachten das Auto, das sich ihnen nähert, sie fragen sich, was diese Touristen hier suchen, ob sie sich nicht verirrt haben. Hoch aufgerichtet, in ihrer Arbeit innehaltend, betrachten nun alle den Rover.
»Man betrachtet uns«, sagt Claire.
»Wir werden uns hier etwas ausruhen«, sagt Pierre, »weil wir in dieser Nacht wegen des Gewitters nicht schlafen konnten. Im Hotel war kein Zimmer frei, erinnere dich, Claire.«
»Ich erinnere mich.«
Auch Judith betrachtet die Schnitter. Aus der Tiefe ihrer vier Jahre versucht sie zu verstehen. Sie sieht gut, bis tief ins Tal hinein, auf den Knien von Claire.
Maria ist nun wieder im völligen Besitz ihrer Erinnerung an den Ort. In der Wegmulde ist

die Hitze reglos und läßt aus allen Poren des Körpers Schweiß rinnen.
»Noch zwanzig Meter. Folg den Radspuren. Ich sage es dir dann.«
Pierre fährt weiter. Die immer noch aufgerichteten Schnitter sehen zu, wie sie näherkommen. Diese Straße führt nirgendwohin. Sie gehört zu ihren Feldern. Sie fassen sehr genau ein großes Rechteck ein, in dessen Zentrum sich, vor nunmehr sieben Stunden, Rodrigo Paestra hingestreckt hat. Sie haben mit der Ernte in der Talsohle begonnen. Sie rücken höher, bis zur Madrider Straße, die sie Ende des Tages erreichen werden.
Der Weg senkt sich weiter, schon liegt er tiefer als die Kornfelder. Von den Schnittern sehen sie nur noch den Kopf, den Kopf, erstarrt vor Aufmerksamkeit.
»Du solltest anhalten«, sagt Maria.
Er hält an. Die Schnitter haben sich nicht gerührt. Einige von ihnen werden wahrscheinlich zum Rover kommen.
Pierre steigt aus dem Wagen und grüßt mit der Hand die am nächsten stehende Gruppe, die

aus zwei Männern besteht. Einige Sekunden vergehen. Dann erwidert einer der beiden Männer Pierres Geste. Nun nimmt Pierre Judith aus dem Auto, hebt sie hoch, und Judith wiederholt dieselbe Geste des Grußes wie er. Wenn sich Maria später daran erinnern wird, wird sie finden, Pierre habe fröhlich ausgesehen.

Alle Schnitter erwidern die Geste des kleinen Mädchens. Die Gruppe der beiden Männer, und dahinter die von drei Frauen. Ihr Gesicht verändert sich: sie lachen. Sie lachen fratzenhaft, wegen der Sonne: Kräuselungen auf dem Wasser, die man von weitem sieht. Sie lachen.

Claire bleibt im Auto. Maria ist ausgestiegen.

»Unmöglich, daß er jetzt aus dem Feld hervorkommt«, sagt sie.

Pierre zeigt Maria unten im Tal mehrere Wagen. Auf halber Höhe, zwischen diesen Wagen und der Straße nach Madrid, gibt es noch weitere Wagen sowie Pferde.

»In einer halben Stunde«, sagt Pierre, »werden sie alle im Schatten der Wagen zu Mittag essen.

Und unter dem hohen Korn werden sie nichts mehr von uns sehen.«
Jemand spricht im Auto.
»Noch eine halbe Stunde und wir sterben vor Hitze«, sagt Claire.
Sie hat Judith zu sich genommen. Sie erzählt ihr eine Geschichte, ohne Maria und Pierre aus den Augen zu lassen.
Die Schnitter haben ihre Arbeit wiederaufgenommen. Die Luft, die aus der Talsohle aufsteigt, voller Getreidestaub, kratzt im Hals. Doch diese Luft duftet noch, sie ist durch die Ströme des nächtlichen Gewitters hindurchgegangen.
»Ich will mal sehen«, sagt Maria, »ihm wenigstens sagen, daß er warten, sich gedulden muß.«
Sie entfernt sich langsam, im Spazierschritt. Sie singt. Pierre wartet auf dem Weg, in der prallen Sonne.
Sie singt das Lied, das sie zwei Stunden vor Tagesanbruch für Rodrigo Paestra gesungen hat. Ein Schnitter hört es, hebt den Kopf, verzichtet darauf zu begreifen, weshalb die Touri-

sten hier angehalten haben, setzt seine Arbeit fort.
Sie bewegt sich unwillkürlich mit dem gleichen ruhigen Schritt wie er, Rodrigo Paestra, als sie ihn um vier Uhr morgens verlassen hat. Der Weg senkt sich so stark, daß sie wohl von niemand mehr gesehen wird. Außer von Pierre und Claire.
Wie diese Zeit benennen, die sich vor Maria auftut? Diese Exaktheit der Erwartung? Diese Frische der eingeatmeten Luft? Diese Glut, diesen Glanz einer Liebe endlich ohne Objekt?
Oh, ganz unten im Tal muß es einen Wildbach geben, wo noch die schimmernden Wasser des Gewitters strömen.
Sie hat sich nicht geirrt. Die Hoffnung war richtig. Das Korn zu ihrer Linken bricht plötzlich auf. Von hier aus sieht sie die anderen nicht mehr. Sie ist wieder allein mit ihm. Sie biegt die Halme auseinander und dringt ein. Dort ist er. Unbefangen fügt sich das Korn über ihm wieder zusammen. Über einem Stein würde sich das Korn ebenso zusammenfügen, genauso.

Er schläft.
Die bunten Wagen, die an diesem Morgen bei Sonnenaufgang vorbeifuhren, haben ihn nicht geweckt. Er ist da, wo er sich hingelegt, wo er sich, wie erschlagen, hingeworfen hat, als sie ihn verließ. Er liegt auf dem Bauch, die Beine in kaum zu beschreibender Weise angewinkelt, andeutungsweise, kindlich, mit einem Instinkt für Bequemlichkeit, der zum Unglück nicht paßt. Die Beine, die Rodrigo Paestra in seinem so großen Unglück bis zu diesem Kornfeld getragen haben, haben sich, allein und tapfer, seinem Schlaf angepaßt.
Die Arme sind um den Kopf gelegt und von derselben kindlichen Gelöstheit wie die Beine.
»Rodrigo Paestra«, ruft Maria.
Sie beugt sich herab. Er schläft. Sie wird diesen Körper nach Frankreich bringen. Sie wird ihn weit weg führen, den Gewittermörder, ihr Wunder. So hat er sie denn erwartet. Hat geglaubt, was sie ihm am Morgen gesagt hat. Lust überkommt sie, sich unbemerkt neben seinen Körper ins Korn zu legen, damit er bei seinem Erwachen etwas von dieser Welt er-

kennt, das anonyme und dankbare Gesicht einer Frau.

»Rodrigo Paestra.«

Sie ruft ganz leise, mit ebenso großer Furcht wie Sehnsucht, ihn aufzuwecken, halb über ihn gebeugt. Pierre und Claire können sie nun wohl weder sehen noch hören. Sich nicht einmal mehr eine Vorstellung von ihr machen.

»Rodrigo Paestra«, sagt sie ganz leise.

Sie glaubt, sie sei noch immer betrunken, so überwältigend ist ihre Freude, Rodrigo Paestra wiederzufinden. Sie hat ihn für undankbar gehalten. Er aber hat auf sie gewartet, zur festgelegten Stunde. So kommt der Frühling.

Sie ruft lauter.

»Rodrigo Paestra. Ich bin's. Ich bin's.«

Sie beugt sich noch mehr herab und ruft ihn. Diesmal näher, tiefer.

Und jetzt, da sie so nahe ist, daß sie ihn berühren könnte, stellt sie fest: er ist tot.

Seine offenen Augen sind auf den Boden gerichtet. Der Fleck um seinen Kopf herum und auf den Getreidehalmen, den sie für seinen Schatten hielt, ist sein Blut. Es ist schon lange her, daß das passiert ist, kurz nach Sonnenaufgang vermutlich, vor sechs oder sieben Stunden. Wie ein Spielzeug, das ein vom Schlaf übermanntes Kind aus der Hand fallen läßt, liegt der Revolver neben Rodrigo Paestras Gesicht.

Maria richtet sich auf. Sie verläßt das Kornfeld. Pierre steht auf der Straße. Er geht auf sie zu. Sie begegnen sich.

»Es hat keinen Sinn zu warten«, sagt Maria. »Er ist tot.«

»Wie?«

»Wahrscheinlich die Hitze. Es ist aus.«

Pierre steht reglos neben Maria. Sie sehen sich an und schweigen. Maria lächelt als erste. So hatten sie sich, wenn nicht alles sie täuschte, vor sehr langer Zeit angesehen.

»Es ist völlig zwecklos«, sagt sie. »Gehen wir.«

Sie rührt sich nicht von der Stelle. Pierre läßt sie stehen, geht zu jenem Loch im Kornfeld, das sie soeben verlassen hat. Er beugt sich wohl seinerseits über Rodrigo Paestra. Er kommt lange nicht. Aber schließlich kommt er zu Maria zurück. Claire und Judith warten auf die beiden, vollkommen still. Maria pflückt eine Ähre, dann eine zweite, hält sie in der Hand und läßt sie fallen, nimmt eine andere und läßt auch sie fallen. Pierre ist da.

»Er hat sich umgebracht«, sagt er.

»Ein Dummkopf. Ein Dummkopf. Reden wir nicht mehr von ihm.«

Sie stehen noch immer auf dem Weg, einander gegenüber. Jeder erwartet vom andern ein abschließendes Wort zu diesem Ereignis, ein Wort, das ausbleibt. Dann faßt Pierre Maria um die Schulter und ruft sie.

»Maria.«

Aus dem Rover ertönt ein anderer Ruf. Richtig, Claire. Sie ruft Pierre. Pierre antwortet mit einem Handzeichen. Sie kommen.

»Und der Herr?« fragt Judith.

»Er wird doch nicht mitkommen«, sagt Pierre.

Maria öffnet die hintere Wagentür und bittet Claire, sich nach vorne zu setzen. Sie werde Judith bei sich behalten, hinten.

»Er ist tot«, sagt Pierre ganz leise zu Claire.

»Wie?«

Pierre zögert.

»Wahrscheinlich ein Sonnenstich«, sagt er.

Er läßt den Motor an und beginnt zu wenden. Das Manöver ist schwierig. Er muß etwas über den Wegrand hinausfahren, denn der Weg ist sehr schmal. Als er sich umdreht, sieht Pierre Maria, die Judith in den Armen hält und ihr die Stirn trocknet. Sie tut es sorgfältig, wie immer. Claire, vorne, schweigt. Maria sieht nicht, wie sich ihr schöner Nacken vor dem Korn abzeichnet.

Das Manöver ist beendet. Pierre fährt den Weg wieder hinauf und tut es, bis zum Ende, sehr langsam. Da ist die Straße nach Madrid.

»Was tun wir?« fragt Claire.

Keiner antwortet.

»Ich habe Durst«, sagt Judith.

Da ist die Straße nach Madrid. Gewaltig, schnurgerade, immerfort. Bestimmt haben sich die Schnitter in den Feldern wieder aufgerichtet, aber keiner von ihnen sieht sie. Pierre hält wieder an und dreht sich zu Maria um, wortlos.

»Es gibt keinen Grund«, sagt sie, »keinen Grund, etwas anderes zu tun als das, was wir uns vorgenommen haben.«

»Genau zweihundertdreiundfünfzig Kilometer«, sagt Claire. »Vor Einbruch der Nacht sind wir da.«

Pierre fährt weiter. Mit steigender Geschwindigkeit wird die Hitze erträglicher. Sie trocknet den Schweiß, macht den Kopf leichter. Judith klagt wieder über Durst. Pierre verspricht ihr, im nächsten Dorf anzuhalten. Nach achtundvierzig Kilometern. Judith klagt noch immer. Sie langweilt sich.

»Sie langweilt sich«, sagt Claire.

Das Dorf ist noch weit, als sich die Straße plötzlich ändert. Zuerst steigt sie an, zu einer kaum merklichen Erhebung, die deshalb nur langsam erreicht wird. Dann senkt sie sich, im gleichen Rhythmus, zu einer Hochebene hinab, die einer Mondlandschaft gleicht. Sie senkt sich nur wenig, viel weniger, als sie angestiegen ist, und wird wieder eben und gerade.

»Hier beginnt vermutlich Kastilien?« fragt Claire.

»Wahrscheinlich«, sagt Pierre.
Judith schreit schon wieder, sie habe Durst.
»Wenn du weinst, Judith«, sagt Maria ruhig, »wenn du weinst...«
Judith weint.
»Dann setze ich dich am Straßenrand ab«, sagt Maria laut. »Wenn du weinst, kannst du dich auf etwas gefaßt machen, Judith.«
Pierre beschleunigt die Geschwindigkeit. Mehr und mehr. Der Rover wirbelt Staub und Kies auf. Die Luft ist glühend heiß. Claire lehnt sich zurück und sieht unverwandt auf die Straße.
»Es hat keinen Sinn, sich umzubringen«, sagt sie.
Die Kornfelder verschwinden. Es gibt nur noch Steine, Steinhaufen, von der Sonne völlig ausgeblichen.
Judith hört auf zu weinen, schmiegt sich an ihre Mutter. Pierre fährt, trotz Claires Warnung, immer schneller. Maria schweigt.
»Mama«, ruft Judith.
»Wir bringen uns um«, prophezeit Claire.
Pierre verlangsamt das Tempo nicht. Er fährt so schnell, daß Judith zwischen dem Rücksitz und

ihrer Mutter hin und her geworfen wird. Ihre Mutter drückt sie mit dem Arm an ihre Hüfte. Und Judith beginnt von neuem zu heulen.

»Pierre«, ruft Claire. »Pierre.«

Er verlangsamt ein wenig. Das Plateau endet, und die Straße steigt wieder an. Oben wird sie wieder eben, ohne sich diesmal zu senken. Ein Kranz von Bergen erhebt sich am Horizont, mit runden Kuppen. Beim Weiterfahren entdeckt man immer neue Berge, in kühner Staffelung. Nun sind sie auf allen Seiten und übereinander, die einen liegen auf den andern, mit ihrem ganzen Gewicht, in einem wahnwitzigen Gedränge, weiß, rötlich oder bläulich gefärbt durch Schwefelverbindungen, der Sonne ausgesetzt.

»Mama«, schreit Judith erneut.

»Schweig schon, schweig«, schreit Maria.

»Sie hat Angst«, erklärt Claire. »Judith hat Angst.«

Pierre verlangsamt noch mehr. Im Rückspiegel sieht er, wie Maria Judith umarmt, küßt, und wie Judith schließlich lächelt.

Die Reise verläuft nun in natürlichem Tempo.

Sie befinden sich nur noch zehn Kilometer von dem Dorf entfernt, das Pierre angekündigt hat. Eine Pause entsteht, die erste nach jener zeitlichen und stimmungsmäßigen Eskalation, die der Entdeckung von Rodrigo Paestras Leiche im Kornfeld folgte.

»Die Zimmer«, sagt darauf Claire. »Wir dürfen nicht vergessen, sie noch vor dem Abend telefonisch zu bestellen. Wir haben uns gestern vorgenommen, sie vor drei Uhr nachmittags zu bestellen.«

Maria läßt Judith los, die nun ruhig ist. Von neuem entdeckt Maria Claire, Claires Schönheit, die sie jetzt fast zu Tränen rührt. Claire ist da, ihr Profil zeichnet sich gegen den Himmel und gegen die schwefligen, milchigweißen Berge ab, die am Horizont die immer größere Annäherung der Reise an ihr Ziel ankündigen, Madrid. Heute abend, Pierre. Als Pierre vorhin so schnell fuhr, hatte sie Angst, in dieser Erwartungshaltung zu sterben. Jetzt ist sie nachdenklich geworden, und die freudige Erwartung eines Zimmers heute abend in Madrid, für heute abend in Madrid, die Erwartung jenes

Augenblicks heute abend in Madrid, da sie nackt in der schwülen Hitze eines verdunkelten Zimmers sich an Pierre schmiegen würde, während Maria den einsamen Schlaf des Alkoholrausches schlief, siegt vollkommen über ihre Angst.

Kann man schon sehen, wie sie heute abend in Madrid in diesem weißen Bett verborgen sind? Man kann alles sehen, bis auf Claires Nacktheit, die sie, Maria, nicht kennt.

»Ich werde dich immer lieben, Claire«, sagt Maria.

Claire dreht sich um und lächelt Maria nicht an. Pierre dreht sich nicht um. Stille entsteht im Rover. Claire hat sich Maria noch nie nackt gezeigt. Sie wird sich Pierre zeigen, heute abend. Das ist ebenso unausweichlich, wie es vor kurzem die Morgendämmerung war. In Claires Blick war das Schicksal dieser Nacht zu lesen.

»Schau, Judith«, ruft Pierre.

Da ist das Dorf, das er erreichen wollte. Es ist schnell durchquert, wie das von Rodrigo Paestra. Pierre fährt langsamer. Seine Hände auf dem Lenkrad sind schön, geschmeidig, lang, gebräunt und außerordentlich gelenkig. Claire schaut sie immer wieder an.

»Hier gibt es einen Parador«, sagt Pierre. »Er befindet sich am Dorfausgang.«

Im Dorf herrscht bereits die friedliche Ruhe der Siesta. Der Parador liegt in einem Pinienwald, dort, wo Pierre gesagt hat.

Es ist ein riesiges, ziemlich altes Gebäude, völlig gegen die Hitze abgeschirmt. Viele Autos stehen unter den Pinien. Eine runde Terrasse, die den Blick auf die Landschaft freigibt, ist leer.

Ohne daß sie es bemerkt hätten, ist die Zeit des Mittagessens gekommen. Alle essen schon. Es gibt Leute aus dem Hotel Principal. Man erkennt sich. Claire lächelt einer jungen Frau zu.

»Ich bin hungrig«, stellt Judith fest.

Die Kühle der gegeneinander versetzten, vollen Speisesäle erzeugt ein unerwartetes Wohlbefinden.

»Wie heiß es war«, sagt Maria schließlich.

Man weist ihnen einen Tisch in einer Koje zu,

die auf den Pinienwald hinausgeht – er ist durch die Vorhänge hindurch zu sehen, und man entdeckt, parallel dazu, einen Olivenhain. Dazwischen verläuft eine Allee. Man gibt Judith Wasser. Judith trinkt lange. Sie sehen ihr beim Trinken zu. Dann hört sie auf zu trinken.

Maria sitzt zwischen Claire und Pierre. Umgeben von ihnen. Auch sie haben einen Manzanilla bestellt. Judith, belebt, beginnt durch den Raum zu streifen, der sich zwischen ihrem Tisch und dem Eingang des Paradors befindet. Maria trinkt mehrere Manzanillas.

»Das schmeckt gut«, sagt sie. »Ich glaube, ich werde immer trinken.«

Sie trinkt. Claire streckt sich auf der Sitzbank aus und lacht.

»Wie du willst, Maria«, sagt sie.

Sie wirft jenen schnellen Blick in die Runde, der von Glück zeugt. Der Speisesaal ist besetzt. Das ist der Sommer in Spanien. Zu dieser Stunde verursachen die Gerüche von würzigen Speisen täglich, so auch heute, Übelkeit.

»Ich habe überhaupt keinen Hunger«, verkündet Claire.
»Wir haben keinen Hunger«, sagt Maria.
Pierre raucht und trinkt Manzanilla. Seit der Abreise in die Ferien bleibt er lange schweigsam zwischen den beiden Frauen.
Pierre bestellt gegrillte Langustinen. Maria bestellt Fleisch für Judith, gutes, zartes Fleisch. Man verspricht, das Beste zu tun. Man setzt Judith auf einen Stuhl mit vielen Kissen selbständig an den Tisch.
»Wir hätten ihm die Existenz gesichert«, sagt Maria, »und vielleicht hätte ich ihn geliebt.«
»Wer soll das je erfahren«, sagt Claire.
Sie lachen zusammen, dann verstummen sie, und Maria fährt fort, Manzanilla zu trinken.
Judith bekommt ein akzeptables Fleisch. Und kurz darauf werden die gegrillten Langustinen und Oliven gebracht. Judith ißt mit Appetit.
»Endlich«, sagt Pierre, während er seinem Kind zusieht, »endlich hat sie Hunger.«
»Das Gewitter«, sagt Claire. »Schon heute morgen hatte sie Hunger.«

Judith ißt brav. Maria schneidet ihr das Fleisch auf. Sie kaut und schluckt. Maria schneidet weiter. Während sie ihr zusehen, essen sie. Die Langustinen sind heiß und frisch, knacken unter den Zähnen und duften nach Rauch.

»Du magst das, Pierre«, sagt Claire.

Sie hat eine Schere im Mund. Man hört, wie die Zähne zubeißen. Allmählich kann sie sich wieder dem Begehren, das sie für Pierre empfindet, nicht mehr entziehen. Sie hat ihre Härte aufgegeben, sie ist wieder schön, nunmehr befreit von der Gefahr, die Rodrigo Paestra, als er noch am Leben war, darstellte. Ihre Stimme ist honigsüß und wie verändert, als sie ihn fragt, ob er das ebenso möge wie sie.

»Man wird ihn bald finden«, sagt Maria, »in vier Stunden. Noch liegt er im Kornfeld.«

»Weißt du, davon reden nützt nichts«, sagt Claire.

»Trotzdem habe ich das Bedürfnis«, sagt Maria. »Muß ich daran gehindert werden?«

»Nein«, sagt Pierre, »nein, Maria. Weshalb auch?«

Maria trinkt weiter. Die Langustinen könnten nirgends in Spanien besser sein. Maria bestellt noch einmal. Sie essen mehr, als sie essen wollten. Und während Maria von Müdigkeit übermannt wird, belebt sich Claire ebenso wie Judith und verschlingt die Langustinen. Dieselben, von denen auch er ißt.

»Kaum begonnen, war das Spiel auch schon verloren«, fährt Maria fort. »Diese verlorenen Spiele sind es, die einen zu endlosen Kommentaren veranlassen.«

»Ich gestehe, es hätte mir große Freude gemacht, Rodrigo Paestra zu retten«, sagt Pierre.

»Das war doch nicht die Sonne, oder?« fragt Claire.

»Doch, die Sonne«, sagt Pierre.

Judith ist nicht mehr hungrig. Sie möchte eine Orange. Pierre schält sie ihr sorgfältig. Judith folgt seinen Handbewegungen mit Aufmerksamkeit und Neid.

Sie sind nicht mehr hungrig. Ein grüner Schatten dringt durch die Fensterläden, die von den Vorhängen verhängt sind. Es ist kühl. Claire hat sich wieder auf der Sitzbank ausgestreckt, unter Pierres Augen. Er sieht sie nicht an, doch wie sollte er sie unbeachtet lassen? Sie schaut zu den Vorhängen, ohne ihn zu sehen, den Olivenhain. Der Schatten der Hitze tanzt in ihren Augen. Ihre Augen sind von heftiger Wachheit, wandelbar wie Wasser. Blau, wie ihr Kleid, dunkelblau im grünen Schatten der Vorhänge. Was ist heute morgen im Hotel geschehen, als sie, Maria, schlief?

Maria kneift die Augen zusammen, um diese Frau besser zu sehen, Claire.

Doch sieht sie bloß die zitternde Starrheit ihres auf den Vorhang gerichteten Blicks. Und plötzlich weicht Marias Wachsamkeit, als wäre sie ertappt worden.

Da steht Pierre plötzlich auf, geht zur Tür, öffnet sie – von einem glücklichen Einfall erfüllt –, und verläßt den Raum. Zehn Minuten vergehen.

»Ich möchte, daß er zurückkommt«, sagt Maria.

Claire macht eine vage Geste: sie wisse nicht, wohin Pierre gegangen sei. Das Gesicht zur

Eingangstür gewandt, sitzt sie da, ohne Maria anzusehen. Sie schweigen, bis er wiederkommt. Er raucht eine Zigarette, die er vermutlich auf der Terrasse angezündet hat.

»Die Luft ist glühend heiß«, sagt er.

Sie heben Judith von ihrem Stuhl herunter.

»Wo warst du, Pierre?« fragt Claire.

»Auf der Terrasse. Die Straße ist leer.«

In der Karaffe ist noch etwas Manzanilla. Maria trinkt ihn aus.

»Maria, ich bitte dich«, sagt Pierre.

»Endlich kommt die Müdigkeit«, sagt Maria. »Aber es ist das letzte Glas, das ich trinke.«

»Wir können noch nicht weiterfahren in dieser Hitze, oder, Pierre?« fragt Claire.

Sie hat auf Judith gezeigt. Judith gähnt.

»Natürlich nicht«, sagt Maria. »Sie muß ein bißchen schlafen.«

Judith murrt. Pierre nimmt sie in die Arme und legt sie auf ein großes Kanapee, das sich hinten, im dichten Schatten der Eingangshalle, befindet. Judith läßt es geschehen. Pierre kehrt zu Maria und Claire zurück. Claire verfolgt ihn intensiv mit ihren Blicken, als er zurückkommt. Er setzt sich wieder in die Koje. Es gilt, das Ende von Judiths Mittagsschlaf abzuwarten.

»Sie schläft schon«, sagt er, nachdem er sich zu seinem Kind umgedreht hat.

»Wir hätten ihn nach Frankreich mitgenommen«, fährt Maria fort. »Vielleicht wäre er ein Freund geworden. Wer weiß?«

»Wir werden es nie wissen«, sagt Pierre lächelnd, »hör auf zu trinken, Maria.«

VIII

»Diese Müdigkeit«, sagt Maria, sie wendet sich an Pierre, »man kann wohl gegen alles ankämpfen, außer gegen eine solche Müdigkeit. Ich werde schlafen.«
Maria ist sanft. Und dieser Sanftheit ist Pierre ausgeliefert, wie er einst ihrem Körper ausgeliefert war. Er lächelt Maria an.
»Diese Müdigkeit kommt von weit«, sagt er, »sie hat sich angesammelt, setzt sich aus allem zusammen, eben aus allem. Manchmal gibt sie sich zu erkennen. Heute, Maria. Aber das weißt du ja.«
»Man hat immer ein zu großes Vertrauen in seine Kräfte«, sagt Maria, »ich glaube, ich werde wirklich schlafen.«
»Du hast immer ein zu großes Vertrauen in deine Kräfte gehabt«, sagt Claire. Sie lächeln sich zu.
»Der Alkohol«, sagt Maria, »kein Wunder. Und danach dieses Mißtrauen, das einen überkommt, wenn du wüßtest.«

»Ich weiß es nicht. Wir können so weiterreden bis zum Abend.«
»Ach nein«, sagt Maria, »ich werde schlafen.«
Sie streckt sich auf der Sitzbank aus. Claire befindet sich ihr gegenüber.
Pierre sieht nach, wie es Judith geht.
»Sie schläft so gut«, sagt er.
»Man glaubt, es sei möglich«, sagt Maria, »doch in Wirklichkeit ist sie zu klein für solche Reisen, in einer solchen Hitze.«
Sie hat Pierres Platz eingenommen. Viele Touristen strecken sich aus wie sie. Einige Männer liegen auf dem Boden, auf den Bastteppichen. In den Sälen herrscht Ruhe. Alle Kinder schlafen, und es wird leise gesprochen.
»Ich hätte ihn auf Reisen mitgenommen, oft, von einer Reise zur andern« – sie gähnt –, »und Stunde für Stunde, Tag für Tag hätte ich feststellen können, wie er sich verändert, mich ansieht, dann mir zuhört, dann ...«
Sie gähnt wieder, streckt sich und schließt die Augen.
»Du trinkst nichts mehr bis Madrid«, sagt Pierre. »Nichts.«

»Nichts. Ich verspreche es. Ich habe nicht genug getrunken, um ...«
»Um was?« fragt Claire.
»Um noch redseliger zu sein«, sagt Maria. »Und um mich allzusehr über Rodrigo Paestras Weggang zu grämen. Du weißt, was das bedeutet, ich hatte mir eine große Sache mit Rodrigo Paestra vorgenommen. Und nun ist sie, kaum begonnen, auch schon gescheitert. Das ist alles. Aber ich habe nicht genug getrunken, um es nicht zuzugeben. Wie schläfrig ich bin! Ich schlafe, Claire.«
Sie schließt die Augen. Wo sind sie? Sie hört Claire.
»Können wir Judith in einer halben Stunde wecken?«
Pierre antwortet nicht. Da ergreift Maria, ein letztes Mal, das Wort.
»Wenn du willst. Wie du willst. Ich selber würde gern bis zum Abend schlafen.«
Pierre sagt, er werde das Hotel National in Madrid anrufen, um drei Zimmer zu reservieren. Er spricht mit leiser Stimme. Er geht telefonieren. Nichts geschieht. Claire muß dage-

blieben sein. Dieser Seufzer in der Nähe von Maria, dieser Sandelholzgeruch in der Luft bezeichnet Claires Gegenwart. Maria träumt, sie schlafe.
Pierre kommt zurück. Er sagt, drei Zimmer seien reserviert für heute abend im Hotel National in Madrid. Sie schweigen einen Augenblick. Zimmer in Madrid für heute abend. Sie wissen, daß Maria in Madrid trinken und in Bars herumhängen wird. Daß sie viel Geduld werden aufbringen müssen. Beide schließen die Augen, in vollkommener Eintracht. Die Scham verbietet es ihnen, sich in Marias Gegenwart anzusehen, auch wenn diese schläft. Trotzdem sehen sie sich an, aus der Unmöglichkeit heraus, es zu tun. Und schließen wieder die Augen, vor drängendem, unerträglichem Verlangen. Claire ist es, die sagt:
»Sie schläft.«
Welch eine Ruhe. Claire fährt sanft über den rauhen Stoff des Kanapees. Und während sie über ihn fährt, schlitzt sie ihn mit ihren Nägeln auf. Pierre sieht es, folgt der Streichelbewegung Claires, sieht, wie ihre Hand jäh innehält, sich

schmerzlich vom Kanapee löst und auf ihr blaucs Klcid zurücksinkt.
Bestimmt erhebt sie sich als erste und verläßt die Koje. Dieses kaum hörbare Knistern der Luft, dieses Rascheln eines sich entfaltenden Rocks, diese Mattigkeit beim Aufrichten des Körpers, das alles deutet auf eine Frau hin. Dieser Harzduft, untermischt mit einem süßlichen, von der Haut zur Geltung gebrachten Parfum, das ihr angepaßt ist, ihrem Atem und ihrer Beschmutzung, ihrer Erhitzung in der Höhle ihres blauen Kleides – unter Tausenden würde sie ihn wiedererkennen.
Der Duft um Maria verschwindet ebenso wie der Lufthauch. Er ist ihr gefolgt. Maria öffnet die Augen voller Gewißheit. Sie sind nicht mehr da. Endlich.
Maria schließt von neuem die Augen. Bald wird es vollzogen sein. In einer halben Stunde. In einer Stunde. Und dann wird ihre Liebesvereinigung sich umkehren.
Sie möchte sehen, wie die Dinge sich zwischen ihnen vollziehen, um vom selben Licht wie sie erhellt zu werden und in dieser Gemeinschaft

Aufnahme zu finden, die sie ihnen vermacht hat, im Grunde schon an jenem Tag, als sie sie erfunden hat, in Verona, in einer bestimmten Nacht. Schläft sie, Maria?
In diesem Parador, in diesem vor dem Sommer abgeschirmten Gebäude, gibt es dennoch einige Öffnungen zum Sommer hin. Es muß einen Patio geben. Rundgänge, die auf verlassenen Terrassen enden, wo auch die Blumen in dieser Jahreszeit täglich ihrem Ende nahe sind, während sie auf den Abend warten. In diesen Gängen, auf diesen Terrassen hält sich tagsüber niemand auf.
Claire weiß, daß er ihr folgt. Sie weiß es. Er hat es schon mal getan. Er versteht es, der begehrten Frau in ziemlicher Entfernung zu folgen, um sie etwas mehr als nötig zu erregen. So liebt er die Frauen am meisten, er.
Wegen der mörderischen Hitze, die über dem Land steht, gibt es hier niemanden. Wird es hier sein? Claire ist stehengeblieben, in äußerster Erregtheit, so wie er sie mag, da er sie noch nicht eingeholt hat, da sein Schritt hinter ihr ruhig, gleichmäßig war.

Er hat Claire erreicht. Er hat Claires Mund erreicht. Doch sie will ihn nicht preisgeben.

»Es wird eine Stunde dauern«, sagt sie, »bis sie aufwacht. Wir können ein Zimmer nehmen. Ich kann es tun, wenn es dir unangenehm ist. Ich halte es nicht mehr aus.«

Er gibt keine Antwort.

»Ich kenne sie«, fährt sie fort, »ich wußte, daß sie einschlafen würde. Hast du es bemerkt? Schon nach vier Manzanillas ist es soweit, und sie schläft ein.«

Er gibt keine Antwort.

»Hast du es bemerkt? Nun sag schon, bitte. Hast du es bemerkt? Pierre?«

»Ja. Aber heute schläft sie nicht.«

Sie tritt ganz nahe an ihn heran und überläßt sich ihm, von Kopf bis Fuß, vom Scheitel bis zur Sohle, ganz. Sie küssen sich nicht.

Der Alkohol läßt das Herz übermäßig schlagen. Welch eine Zeitspanne bis zum Abend. Maria spreizt ihre Beine, dort, wo das Herz schlägt, ein Dolch.

»Sollte ich dich schon verloren haben?«

»Liebste. Wie kannst du nur...«

Sie zieht sich zurück, entfernt sich, entfernt sich noch mehr. Er ist allein. Als sie zurückkommt, steht er noch immer am selben Ort, wie angewurzelt. Sie hält einen Schlüssel in der Hand.
»Es ist geschafft«, sagt sie.
Pierre gibt keine Antwort. Sie geht voraus, ohne stehenzubleiben. Er hörte sie sagen, es sei geschafft. Sie entfernt sich. Er folgt ihr in einiger Entfernung. Nun betritt sie eine Treppe, die im Schatten liegt. Selbst die Zimmermädchen schlafen noch. Knapp zehn Minuten sind vergangen, seit sie Maria verlassen haben. Auf der Treppe dreht sie sich um.
»Für eine Siesta, hab ich gesagt.«
Da ist das Zimmer zum Aufschließen. Er ist es, der es tut. Es ist ein sehr großes Zimmer, das auf den Olivenhain geht. Unvermittelt langsam öffnet sie das Fenster und sagt es.
»Welch ein Glück. Sieh nur.« Laut fügt sie hinzu: »Ach, ich konnte nicht mehr.« Er schaut hinaus, und während er gleichzeitig mit ihr hinausschaut, wagt er es, sie zu berühren. Er schließt ihr den Mund, damit sie ruhig ist.

Die Hitze über der einsamen Landschaft ist immer noch gleißend.
Ist es vielleicht das allerletzte Mal, daß ihr Herz so maßlos schlägt? Sie öffnet ganz wenig die Augen. Die beiden sind nicht mehr da. Sie schließt sie wieder. Ihre Beine bewegen sich und legen sich erneut auf die Sitzbank. Dann steht sie auf und betrachtet durch die geöffneten Läden ihren von der Hitze erstarrten Olivenhain, denselben. Dann legt sie sich wieder hin, schließt die Augen. Sie glaubt zu schlafen. Das Herz hat sich beruhigt. Sie trinkt zuviel. Alle sagen es, vor allem er. Du trinkst zuviel, Maria.
Das Fenster befindet sich genau in der Mitte der Wand. Dort ist der Hain. Die Olivenbäume sind sehr alt. Auf der Erde, in der sie wachsen, kein Gräschen. Sie betrachten den Hain nicht.
Pierre liegt auf dem Bett und sieht zu, wie sie ihr blaues Kleid abstreift und zu ihm kommt, nackt. Erst später wird er entdecken, daß er sie vor dem offenen Fensterquadrat hat kommen sehen, vor dem Hintergrund der Olivenbäume. Wird er es später entdecken? Sie hat ihr Kleid sehr rasch

abgestreift, ist darübergetreten, und befindet sich bei ihm.

»Du bist schön. Gott, bist du schön.«

Oder vielleicht wird nicht ein einziges Wort gesprochen werden.

Rodrigo Paestras Selbstmord im Kornfeld, heute morgen, war vorauszusehen gewesen. In seiner unbequemen Lage, beim Lärm der Karren, in der zunehmenden Hitze, rief ihm diese Waffe in der Rocktasche, die ihn am Liegen, am Einschlafen hinderte, das unverhoffte Glück in Erinnerung, das er in seiner Geistesabwesenheit vergessen hatte, den Tod. Maria schläft. Sie ist sich dessen sicher. Wenn sie nur sehr wollte, würde sie träumen. Doch sie will es nicht so sehr. Sie träumt nicht. Wunderbar diese plötzliche Ruhe, die auf die Entdeckung ihres Erwachens folgt. Also hat sie nicht geschlafen.

Pierre erhebt sich als erster vom Bett. Claire weint. Claire weint vor Lust, auch als Pierre aufsteht.

»Sie weiß alles«, sagt er. »Komm.«

Da versiegen Claires Tränen.

»Glaubst du?«

Er glaubt cs. Er stcht vollständig angcklcidct neben ihr, die noch nackt ist. Dann dreht er sich zum Fenster um und wiederholt, sie müßten gehen.

»Liebst du mich nicht?« fragt sie.

Ihre Stimme klingt dunkler. Er sagt es ihr.

»Ich liebe dich. Ich habe Maria geliebt. Und dich.«

Die Landschaft hinter dem Fenster ist milder geworden. Er will nicht wissen, daß sie sich vom Bett erhebt. Die Sonne steht weniger steil. Der Schatten der Olivenbäume hat sich, während sie sich liebten, unmerklich verlängert. Die Hitze läßt nach. Wo ist Maria? Hat sich Maria zu Tode getrunken? Hat diese großartige Leichtigkeit, mit der Maria trinkt und stirbt, sie hinaus in die Kornfelder geführt, lachend, nach dem Beispiel Rodrigo Paestras? Wo befindet sich diese andere Frau, Maria?

»Schnell«, sagt Pierre. »Komm.«

Sie ist fertig. Sie weint.

»Du liebst Maria nicht mehr«, schreit sie.

»Erinnere dich, du liebst Maria nicht mehr.«

»Ich weiß es nicht«, sagt Pierre. »Weine nicht, weine nicht, Claire. Es ist bereits eine Stunde vergangen, seit wir sie zurückgelassen haben.«

Auch sie betrachtet die Landschaft und wendet sich gleich wieder ab. Sie schminkt sich im Spiegel neben dem Fenster. Sie hält ihre Tränen zurück.

Maria, tot im Kornfeld? Mit einem angehaltenen Lachen auf dem Gesicht, ein maximaler Spaß? Der einsame Spaß Marias im Kornfeld. Die Landschaft gehört ihr. Diese plötzliche Weichheit in den Schatten der Olivenbäume, diese Hitze, die plötzlich dem nahenden Abend weicht, diese verschiedenen Zeichen, die allerorten darauf hindeuten, daß der Höhepunkt des Tages überschritten ist, führen zu Maria zurück.

Pierre steht neben der Tür. Die Hand auf der Klinke. Sie steht in der Mitte des Zimmers. Er sagt, er gehe als erster hinunter. Seine Hand auf dem Türgriff zittert. Da schreit sie.

»Was ist nur los? Pierre, Pierre, sag es mir.«
»Ich liebe dich«, sagt er. »Hab keine Angst.«
Die Touristen haben sie geweckt. Sie brechen fröhlich auf. Judith steht in der Nähe der Eingangstür, liebkost und entzückt, mit vom Mittagsschlaf schweißverklebten Haaren und mit Kieselsteinen aus dem Hof in ihren glücklichen Händen. Maria erhebt sich, und Judith läuft herbei.
»Mir ist heiß«, sagt Judith. Und sie entfernt sich.
Sie sind noch nicht zurück. Die Vorstellung der Hitze lastet noch immer, im Parador herrscht ein anderes Licht. Die Vorhänge wurden nach der Liebe hochgezogen.
»Ich werde dich baden«, sagt Maria zu Judith. »Gleich. In fünf Minuten.«
Der Oberkellner kommt vorbei. Maria bestellt einen Kaffee. Während sie darauf wartet, bleibt sie sitzen. Da erscheint Pierre.
Er kommt aus dem Speisesaal. Er steht vor ihr.
»Ach, ich habe so gut geschlafen«, sagt Maria.

Der Oberkellner bringt den Kaffee, und Maria trinkt gierig. Pierre setzt sich neben sie, raucht eine Zigarette und schweigt. Er blickt nicht auf Maria, sondern auf Judith, abwechselnd auf Judith und auf die Eingangstür. Als Claire erscheint, weicht er ein bißchen zurück, um ihr Platz zu machen.

»Hast du geschlafen?«

»Ja«, sagt Maria, »lange?«

»Ich weiß nicht«, sagt Claire. »Alle sind wir weggegangen. Wahrscheinlich lange. Ja.« Sie fügt hinzu: »Gut, daß du geschlafen hast.«

»Du solltest einen Kaffee trinken«, sagt Maria. »Ausnahmsweise schmeckt er gut.«

Claire bestellt einen. Sie wendet sich zu Maria.

»Während du geschlafen hast, sind wir im Hain hinter dem Hotel spazierengegangen«, sagt sie.

»Und die Hitze war entsetzlich?«

»Entsetzlich. Aber man muß sich damit abfinden. Das weißt du ja.«

»Die Zimmer in Madrid sind reserviert«, sagt Pierre. »Also werden wir früher oder spä-

ter aufbrechen, wann immer du willst, Maria.«
»Ich werde Judith duschen. Und dann fahren wir nach Madrid, ja?«
Sie sind einverstanden. Maria führt Judith in den Duschraum im Erdgeschoß. Judith läßt es geschehen. Maria stellt sie unter die Dusche. Judith lacht. Auch Maria geht unter die Dusche. Und sie lachen.
»Wie frisch ihr seid«, sagt Claire, als sie zurückkommen. Sie stürzt sich auf Judith und küßt sie.
Draußen scheint die Hitze gleichgeblieben zu sein. Doch die Stimmung hat gewechselt. Weit weg ist der Morgen mit seinen Schrecken. Man lebt in der Hoffnung auf den nahenden Abend. Die Bauern sind wieder auf den Feldern, um das gleiche Korn zu schneiden, und die rosa Berge am Horizont erinnern an die vergangene Jugend des Morgens.
Claire fährt. Pierre neben ihr schweigt. Maria hat mit Judith hinten sitzen wollen. Sie fahren Richtung Madrid. Claire fährt mit großer Sicherheit, eine Spur schneller als gewöhnlich.

Das Reisetempo hat sich scheinbar nur in dieser Hinsicht verändert. Es hat keinen Sinn, darauf hinzuweisen, da diese Veränderung von allen akzeptiert und verstanden wird.
Kastilien begleitet sie bis zum Abend.
»Spätestens in anderthalb Stunden sind wir in Madrid«, sagt Pierre.
Als sie ein Dorf durchqueren, wünscht Maria anzuhalten. Pierre hat nichts dagegen. Claire bleibt stehen. Pierre zündet ihr eine Zigarette an. Ihre Hände kommen zusammen und berühren sich. Sie haben jetzt präzise Erinnerungen.
Das Dorf ist ziemlich groß. Sie halten beim ersten Café, das sie finden, vor dem Eingang. Die Bauern sind noch alle auf den Feldern. Sie sind die einzigen Gäste. Das Café ist sehr geräumig, leer. Man muß rufen, um bedient zu werden. Das Radio im Hinterraum vermag das unermüdliche Summen der Fliegen auf den Scheiben nicht zu übertönen. Pierre ruft mehrere Male. Das Radio verstummt. Ein Mann kommt, er ist noch jung. Maria möchte an diesem Abend Wein. Pierre

auch. Claire wird nichts trinken. Auch Judith nicht.
»Wie angenehm es ist«, sagt Maria.
Sie antworten nicht. Judith läuft durch den Raum und betrachtet die Malereien an den Wänden. Ernteszenen. Kinder spielen unter den Wagen mit Hunden. In naiver Feierlichkeit ißt eine Familie auf dem Feld zu Mittag, immer wieder, auf allen Wänden, so weit das Auge reicht.
»Es genügt, sie anzusehen«, sagt Pierre, »und man weiß, daß die Hitze nachgelassen hat.«
Maria ruft sie und kämmt sie ein wenig. Sie ist zierlich, wie sie so halbnackt in ihrem kleinen Badeanzug dasteht. Beim Kämmen schneidet sie leichte Grimassen.
»Sie wird so hübsch wie du«, sagt Claire.
»Das glaube ich auch«, sagt Pierre. »Dein vollkommenes Ebenbild.«
Maria schiebt sie etwas von sich weg, um sie besser sehen zu können, und entläßt sie dann wieder zu den Kornfeldern der Wandmalereien.
»Es stimmt, sie ist hübsch«, sagt sie.

Maria trinkt den Wein. Der Mann hinter der Theke betrachtet Claire. Pierre hört auf zu trinken. Man muß warten, bis Maria die Karaffe geleert hat. Es ist ein schlechter Wein, sauer und lau. Aber sie sagt, sie trinke ihn gern.

»Heute abend«, sagt sie, »könnten wir ausgehen. Wir gehen rasch ins Hotel, nehmen eine Dusche, kleiden uns um, und dann könnten wir ausgehen, nicht? Ich werde Judith einem Zimmermädchen anvertrauen, gleich nach der Ankunft. Nicht?«

»Aber sicher«, sagt Pierre.

Maria trinkt von neuem. Pierre sieht zu, wie der Wein in der Karaffe weniger wird. Sie trinkt langsam. Man muß sich gedulden.

»Aber du bist doch müde«, erwidert Claire.

Maria verzieht den Mund, als hätte sie den Wein plötzlich über.

»Nein, am Abend eben nie.«

Sie winkt den Mann hinter der Theke herbei.

»Gibt es seit heute morgen neue Nachrichten über Rodrigo Paestra?«

Der Mann denkt nach und erinnert sich. Ein Verbrecher.

»Tot«, sagt er.

Er hebt die Hand und hält sich einen imaginären Revolver an die Schläfe.

»Woher weiß man es?« fragt Pierre.

»Aus dem Radio, vor einer Stunde. Er lag in einem Feld.«

»Schon«, sagt Maria. »Verzeiht, daß ich euch mit dieser Geschichte belästigt habe.«

»Fang nicht wieder an, Maria.«

»Ich wußte es«, sagt Claire.

Maria hat ihren Wein ausgetrunken. Der Patron ist hinter die Theke zurückgekehrt.

»Komm, Maria«, sagt Pierre.

»Ich hatte keine Zeit, ihn mir auszusuchen«, sagt Maria. »Er ist mir zugefallen. An der Grenze hätten wir ihn im Wald abgesetzt und hätten ihn nachts am Ufer eines Flusses erwartet. Diese Angst. Er wäre gekommen. Hätte er die Zeit bis zum Erreichen der Grenze überstanden, ohne sich umzubringen, dann hätte er sich später, als er uns schon kannte, erst recht nicht umgebracht.«

»Kannst du nicht versuchen, ihn zu vergessen?«

»Ich möchte es nicht«, sagt Maria. »Er füllt alle meine Gedanken aus. Es sind erst ein paar Stunden vergangen, Claire.«

Sie verlassen das Café. Schon kehren die ersten Wagen von den Feldern zurück. Es sind die, die am schnellsten fertig geworden sind. Sie lächeln den Touristen zu. Ihre Gesichter sind grau von Staub. Auch schlafende Kinder sind darunter.

»Das Jucar-Tal ist schön«, sagt Claire. »Hundert Kilometer vor Madrid. Wir müßten es jetzt erreichen.«

Diesmal fährt Pierre. Claire möchte bei Judith sein. Maria überläßt sie ihr. Claire hat ihre Hände auf Judith gelegt. Maria schläft sehr bald nach Verlassen der Ortschaft wieder ein. Sie wecken sie nicht, um ihr das Jucar-Tal zu zeigen, sondern erst, als Madrid in Sicht ist. Die Sonne ist noch nicht ganz untergegangen. Sie befindet sich auf gleicher Höhe wie das Korn. Zu vorgesehener Stunde kommen sie in Madrid an, vor Sonnenuntergang.

»Wie müde ich war«, sagt Maria.
»Madrid, schau.«
Sie schaut. Die Stadt nähert sich ihnen zuerst wie ein Steinhaufen. Dann bemerkt man, daß dieser Haufen mit schwarzen Sonnenlöchern übersät ist und sich geometrisch in rechteckige Massen von unterschiedlicher Höhe gliedert, aufgelöst durch leere Flächen, in die sich das Licht rosa ergießt, ein mattes Morgenrot.
»Wie schön«, sagt Maria.
Sie richtet sich auf, fährt sich mit den Händen durchs Haar, betrachtet das von einem Meer von Korn umgebene Madrid.
»Wie schade«, fügt sie hinzu.
Claire dreht sich jäh um und bemerkt in beleidigendem Ton:
»Was?«
»Wer weiß? Vielleicht die Schönheit.«
»Wußtest du es nicht?«
»Ich habe geschlafen. Ich stelle es soeben fest.«
Pierre verlangsamt gezwungenermaßen das Tempo, so schön ist Madrid von weitem.

»Auch das Jucar-Tal war schön«, sagt er. »Du wolltest einfach nicht aufwachen.«
Das Hotel ist noch besetzt. Doch ihre Zimmer sind reserviert
Es gelingt, Judith zu verpflegen, die fast umfällt vor Müdigkeit.
Die Zimmer bewahren noch die Hitze des Tages. Da kommt eine Dusche gelegen. Sie duschen lange, kräftig, lauwarm, denn die Hitze hat die Stadt bis in die Tiefe ihrer Wasser erfaßt. Sie duschen allein.
Claire bereitet sich in ihrem Zimmer auf die bevorstehende Hochzeitsnacht vor. Ausgestreckt auf seinem Bett, denkt Pierre an diese Hochzeit, die durch die Erinnerung an Maria getrübt wird.
Ihre Zimmer grenzen aneinander. Claire wird heute abend nicht schreien dürfen vor Lust.
Judith schläft. Claire und Maria bereiten sich auf ihre unterschiedlichen Nächte vor. Pierre kommen Erinnerungen an Verona in den Sinn. Er erhebt sich von seinem Bett, verläßt sein Zimmer und klopft an die Tür seiner Frau Maria. Pierre empfindet starke Sehnsucht nach

verflossener Liebe. Als er Marias Zimmer betritt, trauert er um seine Liebe zu Maria. Was er nicht ahnte, war die schmerzliche Faszination, die von Marias Einsamkeit, die er selber hervorgerufen hatte, ausging, auch von der Trauer, die sie an diesem Abend seinetwegen empfand.

»Maria«, sagt er.

Sie hatte ihn erwartet.

»Umarme mich«, sagt sie.

Sie spürt auf sich den unersetzlichen Duft seiner Macht über sie, seiner fehlgeschlagenen Liebe für sie, seiner Zuneigung für sie, sie spürt auf sich den Geruch der endenden Liebe.

»Noch, umarme mich noch«, sagt Maria. »Pierre, Pierre.«

Er tut es. Sie weicht zurück und sieht ihn an. Judith schläft. Er weiß, was kommen wird. Weiß er es? Sie weicht zur Wand zurück und sieht ihn immer noch an, statt sich mit gewohnter Schamlosigkeit an ihn heranzumachen.

»Maria«, ruft er.

»Ja.« Auch sie ruft ihn. »Pierre.«

Sie nimmt eine schamvolle Haltung ein, indem

sie auf ihren Körper herabblickt. Und schreit doch vor Angst.
Er bewegt sich auf sie zu. Einen Finger auf den Mund gepreßt, gibt er ihr zu verstehen, daß sie Judith nicht wecken soll. Er ist auf ihr. Sie läßt alles mit sich geschehen.
»Umarme mich, umarme mich, schnell, ich bitte dich, umarme mich.«
Er tut es noch einmal. Und wieder weicht sie, sehr ruhig, zurück.
»Was sollen wir tun?« fragt sie.
»Du bist in meinem Leben«, sagt er. »Ich kann mich nicht mehr mit der bloßen Neuheit einer Frau begnügen. Ich kann nicht mehr ohne dich sein. Ich weiß es.«
»Das ist das Ende unserer Geschichte«, sagt Maria. »Pierre, das ist das Ende. Das Ende einer Geschichte.«
»Sei still.«
»Ich bin schon still. Aber es ist das Ende, Pierre.«
Pierre bewegt sich auf sie zu, nimmt ihr Gesicht in die Hände.
»Bist du sicher?«

Sie sagt, ja. Sie sieht ihn voller Entsetzen an.
»Seit wann?«
»Ich habe es eben festgestellt. Vielleicht seit langem.«
Jemand klopft an die Tür. Es ist Claire.
»Ihr laßt auf euch warten«, sagt sie, plötzlich blaß geworden. »Kommt ihr?«
Sie gehen.

Ein Mann tanzt auf der Estrade einen einsamen Tanz. Der Saal ist überfüllt. Es gibt viele Touristen. Der Mann tanzt gut. Die Musik überträgt seine Schritte auf den nackten, schmutzigen Bühnenbrettern. Frauen umgeben ihn, in grellen, hastig übergeworfenen, abgetragenen Kleidern. Sie müssen den ganzen Nachmittag getanzt haben. Es ist die strapaziöse Zeit des Hochsommers. Wenn der Mann aufhört zu tanzen, spielt das Orchester einige Paso doble, und der Mann singt sie ins Mikrophon. Auf seinem Gesicht haftet mal ein kreidiges Lachen, mal eine Maske schmachtender, ekelerregender Liebestrunkenheit, die den Leuten etwas vortäuscht.

Zusammen mit ihnen, im Gedränge des Saals, sehen Maria, Claire und Pierre dem Sänger zu.

Marguerite Duras
im Suhrkamp Verlag und Insel Verlag

Abahn Sabana David. Aus dem Französischen von Maria Dessauer. Leinen

Aurelia Steiner. Aus dem Französischen von Andrea Spingler. BS 1006

Blaue Augen schwarzes Haar. Aus dem Französischen von Maria Dessauer. Leinen und st 1681

Dialoge. Gespräch im Park. Die Viadukte. Ganze Tage in den Bäumen. Seen und Schlösser. La Musica. Aus dem Französischen von Walter Boehlich, Walter M. Guggenheimer, Werner Spies und Gerda von Uslar. Leinen

Eden Cinéma. Aus dem Französischen von Ruth Henry. es 1443

Emily L. Roman. Aus dem Französischen von Maria Dessauer. Leinen und st 1808

Ganze Tage in den Bäumen. Erzählung. Deutsch von Elisabeth Schneider. BS 669 und st 1157

Heiße Küste. Roman. Aus dem Französischen von Georg Goyert. st 1581

Hiroshima mon amour. Filmnovelle. Deutsch von Walter Maria Guggenheimer. st 112

Im Park. Roman. Aus dem Französischen von Andrea Spingler. Leinen und st 1938

Im Sommer abends um halb elf. Roman. Aus dem Französischen von Ilma Rakusa. Leinen und BS 1087

La Musica Zwei. Theaterstück. Aus dem Französischen von Simon Werle. es 1408

Der Lastwagen. Mit einem Gespräch zwischen Marguerite Duras und Michelle Porte. Aus dem Französischen von Jürg Laederach. st 1349

Liebe. Aus dem Französischen von Barbara Henninges. BS 935

Der Liebhaber. Aus dem Französischen von Ilma Rakusa. Leinen, BS 967, st 1629 und st 1908

Der Matrose von Gibraltar. Roman. Aus dem Französichen von Maria Dessauer. Leinen und st 1847

Moderato cantabile. Roman. Aus dem Französischen von Leonharda Gescher und W. M. Guggenheimer. st 1178

Der Nachmittag des Herrn Andesmas. Deutsch von Walter Boehlich. BS 109

Die Pferdchen von Tarquinia. Roman. Aus dem Französischen von Walter M. Guggenheimer. Gebunden und st 1269

Ein ruhiges Leben. Roman. Deutsch von W. M. Guggenheimer. st 1210

Sommer 1980. Aus dem Französischen von Ilma Rakusa. es 1205

Sommerregen. Aus dem Französischen von Andrea Spingler. Leinen

20/1/3.92

Marguerite Duras
im Suhrkamp Verlag und Insel Verlag

Das tägliche Leben. Aus dem Französischen von Ilma Rakusa. es 1508

Vera Baxter oder Die Atlantikstrände. Aus dem Französischen von Andrea Spingler. es 1389

Die Verzückung der Lol V. Stein. Deutsch von Katharina Zimmer. st 1079

Der Vize-Konsul. Roman. Deutsch von W. M. Guggenheimer. st 1017 und it 2312 (Großdruck)

Zu Marguerite Duras

Marguerite Duras. Herausgegeben von Ilma Rakusa. stm. st 2096

Yann Andréa: M. D. Aus dem Französischen von Renate Hörisch-Helligrath. es 1364

Die Orte der Marguerite Duras. Aus dem Französischen von Justus F. Wittkop. es 1080

20/2/3.92

Italienische und spanische Literatur in der edition suhrkamp und den suhrkamp taschenbüchern

Rafael Alberti: Der Verlorene Hain. Erinnerungen. Aus dem Spanischen von Joachim A. Frank. st 1171

Juan Benet: Du wirst es zu nichts bringen. Erzählungen. Aus dem Spanischen von Gerhard Poppenberg. es 1611

Dino Buzzati: Die Maschine des Aldo Christofari und andere phantastische Erzählungen. Herausgegeben von Kalju Kirde. PhB 157. st 1175

Roberto Calasso: Die geheime Geschichte des Senatspräsidenten Dr. Daniel Paul Schreber. Aus dem Italienischen von Reimar Klein. es 1024

Leopoldo Alas Clarín: Die Präsidentin. Roman. Aus dem Spanischen von Egon Hartmann. Mit einem Nachwort von F. R. Fries. st 1390

Cristina Fernández Cubas: Das geschenkte Jahr. Roman. Aus dem Spanischen von Eva Schikorski. es 1549

Alejandro Gándara: Die Mittelstrecke. Roman. Aus dem Spanischen von Eva Schikorski. es 1597

Federico García Lorca: Dichtung vom Cante Jondo. Dichtung vom tiefinnern Sang. Deutsch von Enrique Beck. st 1007

– Das Publikum. Komödie ohne Titel. Zwei Stücke aus dem Nachlaß. Deutsch von Rudolf Wittkopf. st 1207

– Über Dichtung und Theater. Deutsch von Enrique Beck. st 196

Adelaida García Morales: Das Schweigen der Sirenen. Roman. Aus dem Spanischen von Anne Sorg-Schumacher. es 1647

– Der Süden. Bene. Aus dem Spanischen von Anne Sorg-Schumacher und Imme Bergmaier. es 1460

Ian Gibson: Lorcas Tod. Deutsch von Fritz Vogelgsang. st 197

Natalia Ginzburg: Caro Michele. Der Roman einer Familie. Aus dem Italienischen von Arianna Giachi. st 853

– Ein Mann und eine Frau. Aus dem Italienischen von Arianna Giachi. st 816 undst 1909

Juan Goytisolo: Dissidenten. Aus dem Spanischen von Joachim A. Frank. es 1224

– Identitätszeichen. Roman. Aus dem Spanischen von Joachim A. Frank. st 1133

– Spanien und die Spanier. Aus dem Spanischen übertragen von Fritz Vogelgsang. st 861

José Guelbenzu: Der Blick. Roman. Aus dem Spanischen von Peter Schwaar. es 1596

Cesare Lievi: Die Sommergeschwister. Ein Stück. Aus dem Italienischen von Peter Iden. es 1785

114/1/11.92

Italienische und spanische Literatur in der edition suhrkamp und den suhrkamp taschenbüchern

Julio Llamazares: Der gelbe Regen. Roman. Aus dem Spanischen von Wilfried Böhringer. es 1660

Meine Schwester Elba. Neue spanische Erzählerinnen. Mit einem Nachwort von Michi Strausfeld. Herausgegeben und übersetzt von Margarete Born. st 1532

Eduardo Mendoza: Die Stadt der Wunder. Roman. Aus dem Spanischen von Peter Schwaar. st 2142

Juan José Millás: Dein verwirrender Name. Roman. Aus dem Spanischen von Peter Schwaar. es 1623

Rosa Montero: Geliebter Gebieter. Roman. Aus dem Spanischen von Susanne Ackermann. st 1879

– Ich werde dich behandeln wie eine Königin. Roman. Aus dem Spanischen von Susanne Ackermann. st 1944

Mercè Rodoreda: Auf der Plaça del Diamant. Roman. Aus dem Katalanischen von Hans Weiss. Mit einem Nachwort von Gabriel García Márquez. st 977

– Der zerbrochene Spiegel. Roman. Aus dem Katalanischen von Angelika Maass. st 1494 und st 1917

Jorge Semprún: Die große Reise. Roman. Aus dem Französischen von Abelle Christaller nach der Originalausgabe. st 744

– Was für ein schöner Sonntag. Aus dem Französischen von Johannes Piron. st 972

– Der weiße Berg. Roman. Aus dem Französischen von Eva Moldenhauer. st 1768

– Yves Montand: Das Leben geht weiter. Aus dem Französischen von Uli Aumüller. st 1279

– Der zweite Tod des Ramón Mercader. Roman. Aus dem Französischen von Gundl Steinmetz. st 564

Anonimo Triestino: Das Geheimnis. Roman. Aus dem Italienischen von Christa Pock und Peter Rosei. st 1875

Enrique Vila-Matas: Dada aus dem Koffer. Die verkürzte Geschichte der tragbaren Literatur. Aus dem Spanischen von Orlando Grossegesse. Mit einem Nachwort von Karl Riha. st 1864

114/2/11.92